KB196837

학부모 애송이들
잘 들어요

학부모 애송이들 잘 들어요

개그맨 김경아의 폭풍 힐링 공감 에세이

김경아 지음

자화상

한 장 한 장 가볍게 넘기다
먹먹히 공감하고 피식 웃을 수 있기를

오늘 밤 애들이 자고 나면 닭발에 맥주 한 잔을 하겠노라. 냉동실에 고이 얼려둔 닭발을 해동해놓고 애들이 자기만을 기다린다. 지율이의 이마에 굿나잇키스를 해주려는데 이마가 뜨끈하다.

'에이 설마. 아닐 거야.'

체온을 재는 손에 간절함을 담아본다. 38.7도다. 그 순간 닭발이고 맥주고 모든 것은 먼 나라 허상이고 뜬구름이다. 응급간호 체제 돌입이다. 해열제를 먹이고 수건으로 몸을 닦아주고 발에 젖은 수건을 둘러놓고 까무룩 잠이 든다.

화들짝 놀라서 시계를 보니 어느새 새벽 2시. 열이 좀 떨어졌나 약간의 기대를 담아 이마에 손을 대보니 아까보다 더 뜨겁다. 머리칼이 흠씬 젖어 있는 것이 딱 봐도 39도를 넘은 듯하다. 아니다 달라. 39.3도. 그때부터 엄마는 대역 죄인이고 회개할 일투성이다.

'아까 아이스크림을 먹지 말라 그럴걸.'

'샤워를 너무 오래했나.'

'애가 면역력이 떨어졌나.'

'하나님, 제발 열만 떨어지게 해주세요. 교회 열심히 갈게요.'

온갖 백지수표를 허공에 날리고 면역력에 좋다는 영양제를 검색하고 스스로를 단두대에 올리며 날밤을 새우고 아침 해와 함께 맞이한 37.5도라는 한풀 꺾인 체온. 이마가 제법 서늘해졌다.

'이게 어디냐.'

긴박했던 수술방의 김 닥터는 안도의 한숨을 쉬며 손수건과 대야를 욕실에 갖다 놓는다. 대륙의 통일이 이보다도 기쁠까. 광개토대왕과 칭기즈 칸도 나만큼 뿌듯하진 않았으리라.

엄마가 된다는 것. 내 온몸을 갈아 육아에 쏟아부어 아이의 미소 한 자락을 간신히 얻어내는 것. 엄마로 살면서 대략 178,394,872가닥으로 나뉘는 감정 변화를 맛보지 않을까.

'온유하고 상냥한 성격인 줄 알았건만 애를 낳고 내가 드디어 미쳤구나. 이토록 사악하고 분노조절장애가 있는 사람이었다니…….'

그래도 나 같은 자격 없는 엄마 품에서도 생명은 자라고 나를 우주로 알고 해처럼 밝게 자라주니 이만큼 신비롭고 경외할 일이 또 있을까 싶다.

대략 178,394,872의 변수를 뚫고 세상 밖으로 나온 책이다. 깊고 진중하고 철학이라는 것도 담고 싶었으나 시도 때도 없이 애들이 말을 걸고 물을 쏟고 남편이 야식을 시키는 통에 아무것도 담지 못하고 그냥 나와버렸다.

큰 욕심 없이 그냥 화장실 갈 때나, 애들 학원 기다리며 커피숍이나, 여행이라도 갈 틈이 있으면 기차나 비행기에서 가볍게 읽어주었으면 좋겠다. 책을 덮는 순간 '세상 사는 거 다 똑같네.'라고 피식 웃어준다면 이 가벼운 책이 1g씩은 묵직해지지 않을까 싶다.

커피숍에 앉아 소복하게 내리는 눈을 바라보며 프롤로그를 쓰려니 스멀스멀 올라오는 행복에 절로 미소가 지어진다. 느낌이 좋다. 아무래도 책이 잘되려나 보다.

징, 징—

진동을 따라 시선을 내리니 딸 친구한테서 전화가 온다. 지율이 폰이 깨져서 전화가 안 된단다. 액정이 박살이 났다나 뭐라나. 피식. 내가 그럼 그렇지. 오늘도 변수 하나 추가다.

김경아

CHAPTER **02**

CHAPTER  03

CHAPTER 04

게으른 사람 중에 가장 바쁜
나는 김경아

| CHAPTER 01 |

그래도
게으른 사람 중에
가장 빨라요

　핸드폰을 바꿨다. 남편은 24개월 주기로 그 해에 나온 가장 신상으로 핸드폰을 바꾸는데 그 주기에 맞춰 나도 같이 핸드폰을 교체한다. 핸드폰을 교체하는 작업이 나에게는 필요 이상으로 귀찮은 일이라 그냥 더 쓸까 싶다가도 이 기회를 놓치면 나중에 나 혼자 바꿀 땐 더 귀찮을 것 같아서 그냥 하라는 대로 하고 있다.

　남편은 핸드폰을 받자마자 익숙한 바지런함으로 우리 둘의 핸드폰에서 유심칩을 꺼내 새 기계에 넣고 데이터를 옮긴다. 이전 핸드폰의 데이터들을 이미 싹 정리해놓은 뒤라서 남편의 데이터 옮기는 속도는 그야말로 LTE급이다.

나 역시 이번엔 자신만만하다. 사진 정리를 해놓으라고 3일 전부터 잔소리를 들었던 터라 웬만한 사진은 싹 지운 핸드폰을 자신 있게 건넸다. 남편은 새 핸드폰과 헌 핸드폰을 연결하고 몇 번 두드리더니 묻는다.

"너 이거 업데이트 언제 했어?"

순순히 넘어가는 법이 없다. 핸드폰을 바꿀 건데 업데이트 이력을 왜 묻는지 모르겠다.

"업데이트? 한 기억이 없는데?"

나는 죄를 지은 적이 없기에 부끄러울 이유도 없다. 업데이트를 안 한 것이 죄라면 미리 공지 안 한 그의 죄가 더 크다. 남편은 잠시 가만있다가 말이기도 하고 아니기도 한 소리를 뱉는다.

"휴……"

잔소리보다 더 아픈 게 한숨이다. '할말하않'이라는 것이냐. 내 핸드폰의 사양이 너무 초기라 최신식 핸드폰과 호환이 안 된다고 한다. 일단 업데이트부터 해야 뭘 옮겨도 옮길 수가 있다고. 나는 수렴청정을 하는 대왕대비마마처럼 온화하게 말했다.

"그럼 그렇게 하세요."

속이 터지는 것은 보통 열심히 사는 사람들이다. 하지만 오늘을 사는 사람은 억울하다. 그냥 오늘을 살았을 뿐인데 본의 아니게 속이 터지게 했으니 잘못한 것도 없이 가해자가 되었다.

언젠가는 둘이 핸드폰만 들고 산책을 가던 중 편의점에 들러 아이스크림 하나씩을 사먹는데, 남편이 "네가 계산해."라고 했다.

"나 지갑 없는데?"

"핸드폰에 삼성페이 있잖아."

"삼성페이 없는데?"

남편이 어처구니가 없다는 듯한 표정으로 단말기에 휴대폰을 갖다 댄다. 아이스크림 포장을 뜯으며 남편은 세상 억울한 표정으로 묻는다.

"일부러 그러냐?"

내가 설마 돈 안 내려고 일부러 삼성페이를 안 깔았을까. 어쨌든 덕분에 아이스크림 잘 얻어먹었다.

발전하는 문명 사회 속에서 하루가 다르게 업데이트되는 시스템을 재빠르게 습득하는 사람도 있지만 한 템포 혹은 두 템포 느리게 받아들이는 사람도 있다.

느빠죄아. 느린 게 죄는 아니잖아.

물론 안드로이드폰에 삼성페이 안 깐 건 한 열다섯 템포 느린 행동이긴 하지만……. 그렇다고 내가 어디 가서 계산할 때 신발 끈을 오래 묶기를 했나, 화장실에 들어가서 안 나오기를 했나 나는 그렇게 사는 사람이 아니다.

나름의 속도로 오늘을 사는 사람들을 너무 채근하지 말았으면 한다. 나 역시 하루를 48시간처럼 사는 사람들을 보며 반성하고 그들을 본받으려 애써보았다. 하지만 정신만 산만하고 해놓은 일은 없어 자존감만 더 낮아졌다. 하루 만에 대청소를 깔끔하게 해놓는 사람도 있지만 청소하다 말고 주저앉아 앨범을 뒤적이다 오늘 못 끝내는 사람도 있다.

종합소득세 신고를 하는 5월, 첫 주 안에 모든 서류를 준비해놓는 권재관 같은 사람도 있지만 5월 29일 즈음에 신고하는 김경아 같은 사람도 있다. 5월을 넘기지 않았으니 된 거 아닌가.

느려 터져도 두 시간 먼저 준비해서 데뷔 17년 동안 스케줄에 한 번도 지각한 적이 없다. 고단하고 퍼지고 싶어도 아이들 아침밥 굶겨본 적 없고 아이들도 지각 한 번 없이 개근 중이다. 열심히 사는 사람이 속이 터지든 말든 나 또한 열심히 오늘은 살았다.

인스타 프로필에 내 설명글은 이렇다.

'게으른 사람 중에 제일 부지런한 사람'

나무늘보 사이에선 내가 제일 우사인 볼트다. 요즘은 남편이랑 휴대폰만 들고 나와도 내가 커피도 사고 아이스크림도 다 산다. 삼성페이 깔았냐고? 휴대폰 케이스에 카드를 끼웠다. 그럼 됐지, 뭐.

공부 잘하는 책벌레
1층 딸내미

가끔 살다 보면 언뜻 '영감'이라고 해야 하나 글감이 떠오를 때가 있다. 그럴 때면 인스타그램에 떠오르는 대로 쭉쭉 글을 써 내려가는데 그런 글들은 대부분이 반응이 좋다. 글이 맛있다고 하는 분도 있고, 책을 내면 꼭 사서 읽겠다는 분도 있고 다이렉트 메시지로 글을 언제부터 잘 쓰게 되었냐고 진지하게 질문을 해오는 분도 있다. 별 목적 없이 써 내려간 글에 칭찬을 해주는 분들에게는 감사하다는 말 외에 드릴 말씀이 없다.

정작 나에게 출판을 제안해주신 기획자분은 인스타를 안 하시는 분인데 나의 어딜 봐서 책 쓸 깜냥이 보였는지 일단 계약서에 도장을 찍었으니 서로 빼박이다.

나의 글이 잘 읽힌다면 그보다 감사한 칭찬이 없다. 글이라는 것이 누군가에게 읽히는 것이 목적이니 잘 읽힌다면 그 소명을 다한 셈 아닌가.

5학년 때 서울 송파구 석촌동에서 분당신도시로 전학을 한 나는 전학생으로서 잘 적응할 수 있을까 걱정이 많았다. 그러나 내 우려와는 달리 1992년의 분당은 1세대 신도시의 역사적인 입주가 시작되던 때라 학교 전체가 전학생으로 구성되어 어색함이나 적응 기간 따위가 필요 없었다.

서로서로 먼저 친해지는 자가 친구요, 절친이 되는 구조였는데 나는 아쉽게도 이사가 몇 개월 늦어져서 그 와중에도 전학생 신분으로 며칠을 살았다. 우리 집은 10층 아파트 중 1층이었는데 3층 사는 정순이와 7층 사는 은경이는 먼저 친구가 되어 있었다. 다행히 그들은 맘씨가 고운 아이들이어서 1층 사는 전학생을 소외시키지 않았다.

학교 수업이 끝나면 그 둘은 손을 잡고 나에게 와서 친절하고 악의 없는 미소로 "이따 우리 집에서 놀래?" 하고 물어봐 주었는데 지금 생각하면 내가 왜 그따위로 대답했는지 아직도 어이가 없다. 내 기억에 난 세 번의 제안 중 두 번을 거절했는데 한 번은 "아, 미안. 나 이따 때 밀어야 해서 못 가."라고 했고 한 번은 "아, 미안. 나 이따 책 읽어야 해서 못 가."라고 했다.

때 밀어야 한다고 했을 때 정순이와 은경이는 지금 말로 동공이 흔들렸지만 애써 "아, 때…… 밀어야지. 때 잘 밀고 다음에 보자."라고 나의 목욕 스케줄을 존중해주었다. 나중에 완전 '브라친구'로 허물없는 사이가 되었을 때 정순이는 "야, 나 그때 너 말 듣고 이런 또라이를 봤나 그랬다."라고 회고했다.

책 읽어야 한다고 했을 때 그들은 그야말로 동공에 지진이 났고 때 밀어야 한다고 했을 때보다 더욱 경이로운 눈빛으로 나를 대했다. 그리고 나의 그 '책을 읽어야 한다.'라는 말은 필요 이상 확대 해석되어 어마어마한 이미지 메이킹을 불러일으켰다.

그들은 집에 가서 엄마에게 모든 것을 시시콜콜 이야기하는 착한 딸들이었는데 이제 막 친해진 엄마들에게 1층 딸의 책 읽는 스케줄은 두고두고 회자되기 좋은 수다 주제였나 보다. 엄마들의 입소문 덕분에 나는 한동안 '공부 잘하는 책벌레 1층 딸내미'로 살 수 있었다.

나는 한 번도 공부를 잘한다고 입 밖에 내뱉은 적이 없다. 그냥 책을 읽어야 한다고 했을 뿐인데 '책을 읽는다'를 '공부를 잘한다'와 동의어로 해석한 그들의 잘못이다. 아파트 아줌마들은 하나같이 나만 보면 "1층 딸내미는 얌전한 게 책만 읽고 엄마가 너무 좋겠어~" "1층 딸내미는 어쩜 그렇게 책을 좋아하고 공부를 잘해?"라며 본인들이 편하신 대로 공부까지 잘하는 모범생을 만들어놓으셨는데 나는 대국민 사기꾼이라도 된 듯 불안하면서도 평생 다시없을 우등생의 삶을 살아보았다.

그리고 그 거짓 인생은 몇 달 후, 전학 와서 처음 치르는 중간고사 결과가 나오고 나서 막을 내리고 말았다. 중간고사 결과 우리 반 1등은 3층 사는 정순이었다. 7층 사는 은경이는 아마 3등이었나 그랬던 것 같다. 맨날 놀자고 하면서 글자라고는 모르는 것처럼 행동하더니 사기는 니들이 치고 있었구나.

반면, 공부 잘하는 책벌레 1층 딸내미는 37등을 했다. 뭐 그때는 반에 50명 이상이었으니 어림잡아 중간 등수라고 생각하면 맞겠다. 어림을 조금 크게 잡으면 가능하다. 이 또한 나중에 브라친구가 된 정순이가 소회를 남겼는데……

"야, 나는 그래서 이년 공부 졸라 잘하는 줄 알았잖아. 깔깔깔깔."

악의는 없는데 예의도 없는 것들이다. 어쨌든 나는 공부와는 상관없이 집에 오면 무조건 책을 읽었다. 같은 책을 읽고 또 읽으며 어떤 의미에선 그야말로 책벌레의 유년시절을 보냈다.

그런 행위들이 나의 글쓰기와 어떻게 연결이 되었을지는 모르겠지만 나는 약간의 활자 중독이 있어 화장실에 책이 없으면 치약 성분표라도 읽어야 할 만큼 글자를 사랑했다.

핸드폰이나 책을 들고 화장실에 가면 오히려 큰일에 방해가 된다고 하던데, 어렸을 때부터 우리 집은 늘 화장실에 책이 있었다. 그때 항문에 힘주며 읽었던 학문은 아직도 나의 핵심 기억에 고스란히 남아 있다.

변기 옆에 엄마나 아빠가 갖다두는 것을 읽을 뿐 도서의 선정 기준이나 선택권은 내게 없었다. 소년소녀가장의 생활수기는 읽다가 우느라 제대로 힘을 못 주었고 어떤 교수님의 행복 에세이는 나중에 그 교수님이 처지를 비관해 자살했다는 소식을 듣고 바로 버려버렸다. 풍수지리에 능한 어떤 스님이 쓰신 책은 1년 내내 읽었는데 그 스님이 뭐라 그랬는고 하니, 21세기에 들어서면 대한민국은 아시아에서 가장 강력한 국가가 되고 나아가 2020년경에는 아시아를 넘어 세계를 제패할 거라고 예언했다.

그때의 대한민국은 아시아의 4대 천왕에도 끼지 못할 정도로 작고 힘없는 나라였기 때문에 당시에는 그 소리가 매우 허무맹랑하게 들렸지만 지금 생각해보니 엄청난 통찰력이 아닌가. 그 세계 제패의 의미는 지리적 제패가 아닌 문화의 지배력을 말한 게 아니었나 싶다.

언제부턴가 동남아 여행을 가면 원주민 쇼마다 '노바디 노바디 버츄!'를 불렀고 몇 년 후에는 '워빠 강남스타일!'로 대동단결했으며 나아가 이제 대한민국은 'BTS의 나라'가 되었으니 전혀 틀린 말은 아니라는 생각이 든다.

그렇게 아무 책이나 집히는 대로 읽다 보니 얕지만 다양한 지식으로 아주 잠깐씩은 뇌섹녀 코스프레를 할 수가 있었다. 그러나 그것은 학업과는 전혀 무관했기에 나는 고등학교를 졸업할 때까지 꾸준하게 중간 등수를 유지했다(크게 어림잡아서 말이다).

그렇게 대중없이 아무 글이나 다 좋아하던 나는 대학교도 방송극작과를 택해 작가의 꿈을 꾸다 뜬금없이 개그맨으로 전향해 20여 년을 코미디언의 삶을 살다 마흔의 중반을 앞둔 지금 다시 글을 쓰려고 한다.

SNS라는 개인적인 공간에 가벼운 마음으로 쓰던 글과 타자에서 종이로 옮겨질, 그리하여 책으로 출판될 글은 질감 자체가 상당히 달라서 자꾸만 어떤 메시지를 줘야 할 것 같고 깊은 여운을 남겨야 할 것 같다. 그런 괜한 책임감에 글에 자꾸 힘이 들어가서 얼마나 애를 먹었는지 모른다.

부디 지레짐작 마시길. 책벌레이니 공부 잘한다고 지레짐작하지 말아야 하듯이 글쓰기 좋아한다고 글에 감동이 있을 거라고 지레짐작하지 마시길. 나는 그런 사람 아니라고 분명히 말했다. 이 책 끝에 감동이나 여운…… 그런 거 기대하지 말라고. 나 분명히 말했다.

끈기는 조금 부족할지 몰라도
도전은 주저하지 않아요

2020년 6월 〈개그콘서트〉가 막을 내리고 KBS에서 공무원처럼 일하던 성실한 개그맨들은 직장을 잃었다. 내가 데뷔한 2006년, 그때 〈개그콘서트〉는 이미 전성기였고 그 이후로 약 10년 더 르네상스 시대를 누렸는데 〈웃찾사〉와 〈개그야〉에 다니던 동료들은 다들 우리를 부러워했다. 본인들의 일터는 폐지 수순을 피할 수 없을 때도 KBS의 〈개그콘서트〉는 건재했으니까. 〈개그콘서트〉 무대에 오르는 개그맨들은 그야말로 개그계의 성골이었고 자부심이 하늘을 찔렀다.

그 위상은 생각보다 빠르게 곤두박질쳤는데 시청률이 어쩌면 그렇게까지 급속도로 하락할 수 있는지 30프로 찍던 시청률이 한 주가 다르게 쭉쭉 떨어지는데 '개콘 공무원'들은 당황할 수밖에 없었다. 개그맨 중 한 명으로서 목에 칼이 들어와도 항변하는 바, 결코 현실에 안주한 적도 없었고 코너 짜기를 게을리한 적도 없었다. 그나마 원인을 찾자면 '시대는 너무 빨리 변화하는 데 반해 공영방송의 소재 제한은 더욱더 심해져 표현의 자유를 억압했다.' 정도로 위로하고 싶다.

그렇게 유튜브의 시대가 열리고 코로나로 인한 팬데믹으로 공개 코미디를 진행할 수 없게 되는 악재가 겹치면서 〈개그콘서트〉는 2020년 6월 종영되었다. 나는 임신과 출산을 반복하며 진즉에 개그 무대를 떠나긴 했지만, 〈개그콘서트〉 종영은 KBS 21기 공채 개그우먼으로서 뼈아픈 슬픔이 아닐 수 없었다. 또한 회사로 치자면 부장이나 이사까지 넘볼 수 있을 정도로 장기근속을 해왔던 권재관의 와이프로서 실직한 남편을 보는 것도 괴로운 일이었다(2023년 11월 시즌2가 시작해 정말 다행이다).

〈개그콘서트〉 마지막 녹화 날, 당연히 모든 개그맨의 통곡과 오열이 있었지만, 그중 권재관은 삼년상을 치르는 상주의 느낌으로 오랫동안 우울증을 앓았다. 이에 아내 되는 사람으로서 처음엔 그의 슬픔을 동조하고 위로해주었지만, 시간이 지나면서 "작작 좀 해라." 혹은 "네 와이프가 죽어도 그렇게는 안 울겠다." 등 핀잔을 주었다.

그렇다. 우린 넋 놓고 슬퍼만 할 수도 없는 '생계형 연예인'이란 말이다. 노후 대책은커녕 당장 다음 달을 걱정해야만 하는 노동자 계급으로서 다음 돌파구를 찾아야만 했다. 그때 이미 후배들은 유튜브라는 떠오르는 매체로 시선을 돌렸다. 처음엔 고전을 면치 못하는 듯했지만 차츰차츰 '떡상'이라는 포텐을 터뜨리던 때였다.

우리에게 주차권을 써주고 소품을 의뢰해주던 까마득한 후배들은 감히 넘볼 수도 없는 100만 유튜버의 위치로 올라섰다. '님'들 중 상당수는 코로나 시절 집으로 초대해 '앞으로 뭐 먹고 살래?'라며 미래를 걱정해주고 고민 상담을 받았던 이였는데 말이다.

애들아, 재관이가 그때 족발도 삶아주고 수제 햄버거도 만들어주고 그랬잖아. ㄱ나니?

내 유튜브 흑역사의 시작은 생각보다 그 역사가 이르다. 때는 바야흐로 2015년. 그때만 해도 유튜브는 연예인이 하기엔 너무 날것의 매체였고 그나마 아이들이 보는 키즈채널이 성황리에 촬영되던 시기였다.

나는 후배 조승희와 함께 장난감 리뷰 채널을 개설했는데 이름은 '리본'이었다. 리본 이모와 공룡 이모의 장난감 리뷰였다. 나는 리본 머리띠를 하고 귀엽고 상냥하게, 승희는 공룡 탈을 쓰고 개구지고 활발하게 장난감 리뷰를 하는 콘셉트였다. 처음부터 끝까지 조승희의 설득으로 시작했고 조승희의 낙심으로 막을 내린 굉장히 수동적인 채널이었다.

처음에 조승희는 "선배, 이거 조금만 하다 보면 장난감 회사에서 협찬이 엄청 들어올 거예요."라며 꼬셨지만 투자한답시고 초반에 사들인 장난감으로 인하여 선율이만 입이 찢어지게 좋아하고 조회수 24회, 36회……로 앞날이 매우 캄캄했다. 그럼에도 불구하고 나는 리본 이모의 상냥함이 맘에 들어 계속 유지하고 싶었지만 애 엄마도 아니고 콩트 재질은 더욱 아니었던 공룡 이모의 현타로 인하여 급하게 막을 내렸다.

두 번째는 감사하게도 교육 업체에서 어린이 콘텐츠를 제작하자고 제안을 주셨는데 그때 파트너는 박소영이었다. 채널 이름은 '갱소티비'였는데, 김경아의 '경'을 애써 '갱'으로 고치고 박소영의 '소'자를 붙여 '갱장히 소중'하고 '개인적으로 소장(갱소)'하고 싶다는 뜻을 담았다.

여러 보드게임을 진행하며 리뷰하고 동화책도 읽어주는 꿍

장히 유익한 채널이었지만……. 당시 제작을 맡으셨던 피디님이 다큐에서 유튜브로 갓 넘어오신 분이어서 보드게임 언박싱에만 5분은 할애하는 신개념 편집을 선보였다. 보는 이에게 굉장한 인내심을 요구하는 결과물이 나왔다. 종국에는 아무도 다음 촬영 약속을 잡지 않은 채 피디님도 업체도 경아도 소영이도 조용히 잠수를 타버리며 막을 내렸다.

세 번째는 비로소 내 개인 채널을 열었다. 나 혼자서는 자신이 없어서 우리 어머님을 끌어들여 '고부구단'이라는 채널을 개설했다. 대쪽 같은 어머님과 철없는 며느리의 티키타카를 기대하며 목표는 박막례 할머니 따라잡기였지만 마음이 태평양 같은 어머님은 며느리가 철없는 소리를 하면 "그래. 그것도 맞다." 해버리셔서 티키만 있을 뿐 타카로 이어지질 않았다.

방송쟁이 며느리는 어떻게든 살려보려고 어머님한테 버릇없는 소리를 해대는데 어머님은 "그래? 내가 잘못했네." 해버리셔서 나만 천하의 몹쓸년이 되고 끝이다.

토크는 안되겠다 싶어서 어머님의 주특기인 요리로 콘셉트를 달리해보았다. 개인적으로도 어머님의 손맛을 꼭 배워놓고 싶어서 이 콘셉트는 먹히겠다 싶었다. 그러나 우리 어머님의 유난히 성격이 급한 게 함정이었다.

"어머님, 오늘 된장찌개 배울게요~!" 하면 촬영팀이 도착하기 전에 모든 재료를 다 썰어서 냄비에 담아놓고 기다리셨다. 얼른 끓여서 바로 먹으면 된다고 카메라 들고 있는 사람한테 얼른 앉으라고 했다. "아니. 이거 재료 준비하는 것부터 찍어야 되는데……" 하면 "아, 그래?" 하고는 카메라 세팅하기 전에 다시 재료를 다 썰어놓으셨다. 됐고, 얼른 먹여야 되는 성격이신 것이다.

심지어 모든 재료의 양은 '요만큼'이나 '쬐끔' 혹은 '적당'으로만 알려주어서 레시피를 받아 적을 수도 없었다. 지금 생각하니 그 또한 재밌을 것 같은데……. 어머님보다 더 성질 급한 제작진을 물색해봐야지.

그리고 다음 채널이 그나마 9,000명의 구독자를 모은 '경아났네경아났어'라는 채널이다. 개인 채널이기도 하고 가족 채널이기도 했는데 제작진분들도 센스 있고 콘텐츠도 나름 재미있었는데 구독자가 늘지 않았다. 내 인지도가 낮아서일까, 내 매력이 약한가, 내가 그만큼 인기가 없어서겠지. 자존감만 한없이 떨어뜨리고 중간에 접었다. 다행히 채널권은 나에게 있어서 언제고 다시 시작하면 되는데 유튜브의 세계가 얼마나 험악한지 수년간 겪어본 자로서 재도전이 쉽지 않다.

그러나 기회의 시대, 마음먹은 대로 행하는 시대, 아울러 더 이상 섭외를 기다리고만 있을 수 없는 저물어가는 나이. 모든 방향이 개인 방송 쪽으로 모아지고 있음을 느끼지만 끈기라고는 얌전히 머리끈 푸는 정도도 없는 내가 내 방송을 온전히 책임질 수 있을까 회의감 또한 상당하다. 앞으로 또 어느 쪽으로 일을 저질렀다가 접을지는 모르지만 뭐, 그게 사는 재미이니까.

앞으로 또 어느 쪽으로 일을 저질렀다가 접을지는 모르겠지만 '중꺾마'라고 하지 않던가. 몇 번을 접히더라도 접다, 접다, 접다 보면 학알 비슷하게라도 접히지 않겠는가. 오늘도 사부작사부작 일을 벌려보려 한다.

또각또각
노이로제

개그맨이 되기 전엔 작가 생활을 잠깐 했다. 방송국에서 외주 제작을 맡기는 프로덕션에서 막내 작가 겸 조연출 겸 진행 겸 경리 겸 분장까지 맡아서 했는데 지금으로부터 20여 년 전이니 가능한 시스템이었다.

성남에서 목동까지 9시까지 출근해야 했는데 당시 상사였던 국장님이 8시 20분이면 출근을 해서 비서이기도 했던 나는 8시 30분에는 사무실에 도착해야 했다. 업무 시작은 국장님의 커피를 타는 일이었다. 뜨거운 물이 나오는 정수기가 있었지만 팔팔 끓는 100℃ 물에 타 먹는 커피를 좋아하셔서 늘 주전자에 물을 끓여 믹스커피를 타드렸다.

그다음에는 두 분의 피디님이 출근하시는 11시까지 영수증 정리를 하고 피디님들이 시켜놓은 업무를 했다. 출연자가 하는 말을 듣고 노트북에 받아 적기, 주제에 맞는 전문가를 섭외하여 명단을 정리해놓기, 자료화면에 들어갈 영상을 찾아놓기 등이 주 업무였다.

당시 우리 프로덕션의 담당 프로그램은 〈대화 21세기〉로 석학들이 나와 대담하는 프로그램이었다. 이어령 교수님, 고은 시인님 등 석학들이 나왔는데, 그때는 전혀 몰랐으나 나중에야 대단한 분들과 작업했다는 것을 알았다.

녹화가 있는 날이면 출연자분들이 드실 음료수를 들고 녹화장으로 가서 촬영 준비를 돕다 출연자분들이 도착하면 메이크업을 해드렸다. 그냥 조금 허옇게 몇 번 두드리고 눈썹을 쓱쓱 그리고 기름종이로 싹싹 닦아드리면 끝이었다. 그리고 녹화가 시작되면 헤드셋을 끼고 슬레이터를 치고 큐사인을 드렸다.

연세가 지긋한 박사님들은 눈치를 못 채셨지만, 방송을 몇 번 해보신 젊은 출연자분들은 나의 포지션을 대번에 눈치채고 "일을 혼자 다 하시네요." 하셨는데 나는 그 말이 칭찬 같지 않고 우리 프로덕션의 누추함을 들킨 것 같아 부끄러웠다.

참 열심히 살았던 사회초년생이었다. 8시 30분까지 목동에 도착하려면 집에서 6시에 나와 마을버스를 타고 지하철을 세 번 갈아탔는데 지하철 기둥에 하도 머리를 박고 졸아서 관자놀이에 항상 멍이 들어 있었다. 아침에 졸음과 사투를 벌였어도 일하는 내내 쌩쌩한 강철 체력이었다. 첫 3개월 동안은 매달 50만 원, 그다음부터는 80만 원을 받았는데 그 와중에 부모님 선물도 사드리고 난생처음 내 돈으로 나이키 운동화도 샀다.

그러다 프로그램의 새로운 도약을 위하여 전문 작가님을 섭외했는데 그때부터 내 열정에 '현타'라는 게 드리우기 시작했다. 그 작가님은 지독한 '저녁형 인간'이라서 늘 오후 3시나 4시에 출근을 했다. 나는 이미 오전 8시 반에 출근해서 하루를 다 보낸 사람인데 그 작가님은 내가 퇴근을 하려고 하면 출근을 해서 새로운 지시를 내렸다.

심지어 출근도 일정치 않았다. 어떤 날은 안 오고 어떤 날은 왔다. 나는 오늘 오시냐고 차마 묻지를 못하고 7시 정도까지 기다렸다 퇴근을 했다. 그것이 얼마나 살 떨리고 피를 말리는 일이냐면 오후 3시만 되면 심장이 떨릴 지경이었다. '오늘 오실까? 오시려나?' 《어린 왕자》 속 여우는 보고 싶어 심장이 떨린다는데 나는 보게 될까 봐 심장이 떨렸다. 저녁 약속이라도 있는 날이면 더했다. '오지 마셔라. 7시에라도 퇴근을 하게 제발 오지 마셔라.'

그 작가님은 항상 7cm 하이힐을 신고 다녔는데 그분이 엘리베이터에서 내리면 또각또각 구두 굽 소리가 복도 전체에 울렸다. 그 소리가 들리면 내 심장은 미친 듯이 빨리 뛰었다. 그야말로 '또각또각' 노이로제의 나날이었다.

그러던 어느 오후 7시 즈음, '오늘은 안 오시려나 보다.' 하고 컴퓨터의 전원을 끄려는데 오피스텔 복도의 고요함을 뚫고 엘리베이터 도착음이 들렸다.

땡—

또.각.또.각.

파블로프의 개는 종소리만 들리면 '밥을 주나 보다.' 하고 침을 흘린다는데 나는 구두 굽 소리만 들리면 '일을 주나 보다.' 하고 심장이 뛰어댔다. 저녁 7시에 작가님이 우아하게 컴퓨터 앞에 앉으면 이미 9시간 업무량을 채운 막내 작가는 다시 일을 시작해야 했다. 그 일은 지하철 막차라는 명분을 내세워야 끝이 났는데 어느 날은 "막차 시간이 다 돼서 가봐야 할 것 같다."라고 했더니 그분은 참다 참다 얘기한다는 듯 "넌 어디 살길래 막차가 이렇게 일찍 끊기니?" 하고 거짓말하는 사람 취급을 해서 속으로 얼마나 억울했는지 모른다.

당신은 내일 낮 동안 처주무실 수 있지만 나는 내일 다시 8시 30분까지 여길 와야 한다고요. 이 프리랜서님아.

그럼에도 나는 꾸역꾸역 그 기간을 감당했다. 일이 좋아서도 아니고 국장님과의 의리도 아니고…… '그냥'이었다. 부당하다는 것도, 더럽고 치사해서 못 해먹겠다는 것도 피부로 느꼈지만, 그냥 버텼다. 굳이 이유를 찾자면 입사한 지 1년도 안 돼서 그만두는 것은 나 자신과의 싸움에서 지는 것 같았다.

그렇게 1년 가까운 시간이 지나니 몸이 감당하질 못했다. 전날부터 으슬으슬하던 몸이 출근을 하려니 근육통이 어찌나 심한지 몸을 제대로 가누기도 힘들 정도였다. 지금에야 열이 나면 전염성을 이유로 등교도, 출근도 못 하게 하지만 당시는 '근성'이라는 이름으로 죽어도, 일하다 죽는 게 대한민국의 분위기였다.

기어코 제시간에 출근을 해서 점심도 못 먹고 풀린 동공으로 해롱해롱하는 나를 보고 피디님과 국장님은 "경아야, 들어가라. 안되겠다." 했지만 그날은 작가님의 출근이 확실한 날이었다.

"오늘 작가님이랑 회의 있지 않으세요?"

"우리끼리 하면 된다. 얼른 병원 가라."

"기다렸다 얼굴 뵙고 갈게요."

2시에 출근한 작가님이 지시한 서류를 가져다드리는데 내 안색을 본 피디님이 "야, 경아야. 너 안되겠다. 얼른 병원 가라." 했다. 피디님이 그 멘트를 안 했으면 나는 미련하게 조퇴하겠다는 말도 못 하고 그냥 끙끙 앓았을지도 모른다. 나는 누가 봐도 아픈 사람의 몰골에 피디님까지 한마디 해주어서 무사 조퇴 일보 직전이었다. 그때, 빤히 내 얼굴을 본 작가님은 한숨을 한번 쉬더니 말했다.

"하……. 아프면 얼마나 아픈데?"

내가 뭘 그렇게 잘못했을까. 그 작가님의 눈에 나는 일 좀 시키려고 하면 막차 핑계 대면서 퇴근할 생각만 하고 남자 피디님들 구슬려서 일 안 하고 내빼는 천상 여우로 보였던 것이 분명하다. 나는 아픈 것도 서러운데 여우 짓 하는 젊은 처녀가 된 게 억울해 굳은 얼굴로 "죄송합니다."라며 연신 고개를 숙인 뒤 구부정한 자세로 퇴근을 하려 했다. 그런데 그 작가님은 기어코 내 뒤로 한마디 던졌다.

"내일은 아프지 마라~"

스무 살이 넘어 지금까지의 인생을 돌이켜봐도, 그때보다 성실하게 살아본 적이 없는 것 같은데 그분은 왜 그렇게 나를 못마땅해했을까. 생각해보면 그분은 그냥 그분의 입장에서만 생각했던 것 같다. 나를 '막내 작가'라고 소개받았기 때문에 당연히 본인의 업무를 서포트하는 일이 주 업무라고 생각했을 테다. 내가 방송국도 가지만 은행도 가고 세무사도 가는 일당백 직원이라는 것은 몰랐을 확률이 크다. 막내 작가라는 게 사수한테 하나라도 배울 생각은 안 하고 툭하면 먼저 퇴근한다 하고 아픈 티 팍팍 내며 조퇴나 하니 근성 없는 여우라고 생각했을 게 분명하다.

나중에 작가다운 업무를 처음으로 받고 초안을 작성해서 드렸을 때 그분은 몇 번이고 읽고 첫마디로 "어? 글 잘쓰네? 야, 너 일 잘한다?"라고 했다. 그렇게까지 놀랄 일인가 싶게 놀라는 모습에, 그동안 나를 얼마나 빙구로 알았는지 씁쓸하기도 했다.

그 이후로 작가님이 돈까스도 사주고 본인 가정사도 얘기해주며 점차 관계를 좁혀갔다. 그럼에도 여전히 퇴근을 못 해 힘들었는데 정작 그분이 피디님과 대차게 싸우고 그만두는 바람에 조금 오래 걸리기는 했지만 결국 손 안대고 코를 풀

수 있었다.

그렇게 나는 1년을 잘 버티고 후임이 들어와 업무 인수인계도 하며 잘 지내다 다른 분야에 도전해보고 싶다는 말씀을 드리고 모두의 환송을 받으며 퇴사를 했다.

몇 년 전, 그 프로덕션의 국장님께서 전화를 주신 적이 있다. 무려 20여 년 만이다. 너무 반가워 인사를 나누는데 국장님의 용건은 나의 안부만이 아니었다.

"경아야. 그때 우리 거래하던 은행이 어디였더라? 우리은행인가 신한은행인가?"

나는 웃음이 났다. 20여 년 전 거래하던 은행의 자료를 물어볼 사람이 나라는 것이 흐뭇했다.

"국장님. 어떡하죠?"

"그래. 니도 모르겠지?"

"아니, 알긴 아는데."

"그래 거기가 어디 은행이고?"

"조흥은행이요."

"아!"

미련한 사람 중에 내가 제일 똑똑하다. 당장의 부당함을 제대로 얘기도 못 하는 미련한 사람이지만 그럼에도 그 누구와도 척을 두지 않고 잘 살다 20여 년 전 상사였던 국장님이 거래하던 은행을 말씀드릴 수 있으니 이 어찌 좋지 아니한가.

그래도 다시 그때로 돌아간다면 좀 더 당당하게 '제 업무가 단순 막내 작가 일만이 아닙니다. 저는 이미 8시 30분부터 출근을 해서 업무시간을 초과하고 있다.' 정도는 이야기하자, 경아야.

이 또한 지나가리
동요하지 말지어다

유난히 햇살이 따가웠던 6월의 어느 날, 야외 촬영을 하고 공연 회의를 잠깐 하고 집에 들어왔는데 그날 저녁부터 얼굴에 불그스름한 두드러기가 나기 시작했다. 백옥같이 뽀얀 피부는 아니지만 끊임없이 뭐가 났다 사라지기를 반복하는 무딘 피부인지라 대수롭지 않게 생각했다. 그런데 자고 일어나도 가라앉질 않고 따갑기까지 했다.

미디어 중독자로서 병원에 가기보다는 인스타에 올리고 묻기를 택했다. 역시나 인스타 친구(이하 인친)가 수많은 의견을 남겨주었다. 대상포진 같다는 의견도 있었고 벌레에 물린 것 같다는 의견도 있었다. 얼굴 한쪽만 이런 걸로 보아 대상포진도 일리 있었고, 지난주 글램핑장에서 벌레가 잔뜩 있는 텐트에 누워 있었던지라 벌레 물린 것도 일리 있었다. 역시 인친들은 천재다.

피부과에 갔더니 의사 선생님이 대상포진 같긴 한데 벌레 물린 거 같기도 하고 알레르기 같다고도 했다. 의견 하나 추가요. 최종적으로 의사 선생님은 알레르기로 진단했고 나는 알레르기 약을 받아 들고 집에 돌아왔다.

그런데 다음 날, 약 효과는 조금도 없었고 두드러기는 더심해졌다. '피부가 많이 땡기네?' 하고 바세린을 퍽퍽 바르고 있는데 남편이 전화 한 통을 받았다.

"어. 오랜만이야. 어. 어. 아, 그래? 어어~"

전화를 끊은 남편이 다급한 것도 아니고 태연한 것도 아닌 흡사 아파트 단지에 호떡 트럭이 왔을 때 정도의 온도로 말했다.

"여보! 너 대상포진이라는데?"

"누가 그래?"

"정건범이 동생 정지연(직업이 가정의학과 의사)이."

"어떻게 아셨대?"

"너 인스타 봤다는데? 누가 봐도 대상포진이라는데?"

"피부과에서 알레르기랬는데?"

"백퍼래. 눈 옆이라 위험하대. 얼른 병원 가래."

"위험하대?"

"응."

"지금 가야 되나?"

"가자."

호떡을 사러 나가는 딱 그 정도의 바지런함으로 집 근처 종합병원으로 갔다. 알레르기 약은 쓰레기통에 버렸다. 종합병원의 의사 선생님은 조금 연세가 있고 약간 시니컬했지만 친절했던 어제의 피부과 선생님보다 신뢰가 갔다.

"대상포진 같아서 왔는데요. 좀 따갑고 땡겨요."

의사 선생님은 내 얼굴을 요리조리 살펴보시더니 태연하지만 믿음직스러운 말투로 "뭐. 아직 젊으시니까 약 잘 드시면 금방 나을 거예요. 3일 치만 드셔보시죠." 말하곤 아무 말씀이 없으셨다.

"혹시 이거 대상포진인가요?"

"네. 누가 봐도 대상포진이죠?"

무슨 그런 당연한 질문을 하냐는 듯한 선생님의 무심한 대답을 듣고 무심하게 나와서 무심하게 3일 치의 약을 타러 갔다. 호떡 대신 약봉지를 들어서 그런지 기분이 좋지는 않았다. 그리고 안 나아서 5일 치의 약을 더 처방 받고 나서야 간신히 나았다. 되게 아팠다.

2014년 11월 건강검진을 받았는데 갑상선 재검 판정을 받았다. 집 근처 종합병원에서 미세침검사를 받고 갑상선암 판정을 받았다. 여기서 수술하면 안 되냐고 물으니 의사 선생님이 살짝 놀라면서 대학병원에 가시는 게 어떠냐고 했다. 집에 오는 길에 '그래도 암인데 살짝 울어야 하나?' 싶어서 조금 우울해했다.

라디오 진행을 하고 있던 터라 바로 수술을 안 하고 해를 넘겨 1월에 수술을 했다. 신촌세브란스에서 수술을 하고 5일 입원을 하고 퇴원하자마자 다음 날 선율이 유치원 OT를 갔다. 입원해 있는 동안 경미 언니가 루이비통 스카프를 선물해 줬는데 그걸 두르고 간 게 기억에 남는다. 다들 나를 부자 연예인으로 알았겠지? 호호호.

수술 두 달 뒤, 둘째를 가졌다. 원래는 진즉 가지려고 했는데 느닷없이 암에 걸려 미루고 미룬 거였다. 수술하고 3개월 후 첫 검진 때 담당 교수님께 이 사실을 알렸더니 "아, 그래요? 어쩐지 피 검사 결과에서 이런 수치가……." 하더니 갑자기 등짝을 때리는 게 아닌가.

엄하고 근엄하고 진지한 연세세브란스 교수님이었는데 느닷없이 동네슈퍼 아줌마 만난 줄 알았다. 뭐가 그리 급해서 암수술 하자마자 임신을 하냐고 호르몬 조절이 얼마나 힘든 줄 아냐고 구박을 했다. 나는 지각해서 벌받다 억울한 학생 느낌으로 "갑상선 약 임산부가 먹어도 되는 약이라면서요." 하고 대들었다. 교수님은 사고뭉치를 대하듯 절레절레하면서 갑상선 약 용량을 두 배로 늘려주었다.

임신 기간 내내 비타민D 결핍, 임신소양증, 임당검사 재검에 나아가 영양실조까지 걸렸지만 지율이는 엄마 영양 다 빨아먹고 3.52키로로 건강히 태어났다. 나는 애 낳고 첫 검진에서 골다공증 판정을 받았다.

2012년 퇴근하고 집에 오는 길에 아빠한테서 전화를 받았다. 당시 아파트 2층에 살았던 터라 계단을 오르고 있었는데 심상치 않은 아빠의 목소리를 듣고 멈칫했던 순간이 지금도 또렷이 기억난다.

"경아야, 어쩌냐. 엄마가 유방암이란다."

아주 예전부터 초음파로 추적 검사를 하던 부위였다. 결국은 암으로 발전했나 보다. 나의 일에는 무심해도 다른 사람의 일에는 그러지 못했다. 나는 엄마의 암 소식에는 태연하기가 쉽지 않았다. 그러나 의료일번지 대한민국에서 암 선고가 사망 선고가 될 리 없고 무엇보다 내 안에는 믿음이 있었다. 2006년부터 교회를 다니고 초보 신자의 기도빨로 엄마 아빠의 전도를 위해 기도하던 차라 나는 침 한번 삼키고 페이스톡은 아니었지만 한껏 미소를 띠며 말했다.

"할렐루야! 이제 교회 가겠네."

모태불자로 해마다 절에 공양을 드리던 아빠는 엄마의 암 판정에 할렐루야를 외치는 고얀 딸의 리액션에 "허허. 그러려나 보다." 하고 웃었다. 아빠는 딸의 말에서 행간을 읽는 지혜로운 분이다. 아빠가 너무 쿨하게 인정해서 나는 오히려 살짝 당황했지만 계속 홀리한 척했다.

나는 엄마의 입원실에 내가 아는 모든 크리스천 연예인, 목사님, 전도사님을 계속 모시고 가서 기도와 찬양으로 병실을 가득 채웠다. 심약하고 불안했던 엄마는 그들의 기도에 감동, 감화를 받아 퇴원하던 날 지갑 속 깊은 곳에 숨겨둔 부적을 쓰레기통에 버리고 다음 날부터 새벽기도를 갔다.

엄마는 현재 집사님, 아빠는 권사님이 되었다. 그리고 나의 미약한 신앙을 나무라며 예수 그런 식으로 믿으면 안 된다고 정죄한다. 할렐루야다.

비서
아닙니다

연말이면 각종 시상식이 열린다. 요즘은 TV 본방을 보는 일조차 뜸해 시상식을 실시간으로 챙겨보기는 쉽지 않다. 나중에 후배들과 동료들의 수상 소식을 듣고 짤을 찾아보면 시상식 특유의 들뜬 분위기가 그리워진다. 그리움을 어렴풋이 떠올려야 할 정도로 오래된 경험이다. 2009년에 마지막으로 시상식을 참가하고 그 이후로는 가보질 못했으니 내가 과연 시상식이라는 축제를 기억한다고 말해도 되나 싶다.

뭐, 그렇다고 해서 자괴감이나 우울감에 빠질 일은 전혀 없다. 현재 대단히 잘난 삶을 살아서는 아니다. 그냥 그런 시기, 질투, 자괴감에서 통달했다고 할까. 저들은 저들의 삶, 나는 나의 삶을 사는 거다. 그러니 누구는 스타라 행복하고 누구는 김포댁이라 안쓰러워할 필요는 없다고 생각한다.

노트북 옆에 동그란 탁상거울이 하나 있는데 글을 쓰다 막히면 거울을 가만히 본다. 나르시시즘이라서는 아니고 그냥 거울이 거기 있어서 자주 본다. 모공이 왜 이렇게 넓은가, 나이가 몇인데 아직도 여드름이 나는가, 주름이 안 생기게 웃으려면 어떻게 웃는 게 좋은가 하고 살짝 웃어도 보고 웃긴 표정을 지어 보기도 한다.

그러다 보면 '이렇게 평범하게 생겼는데 어떻게 개그맨이 됐지?' 하는 생각이 불쑥 들면서, 시상식은 고사하고 내가 개그맨으로서 여태껏 활동을 이어 가는 것만으로도 감개무량해진다.

개그맨이 된 이후 만난 사람들에게서 종종 듣는 질문 하나가 있다.

"아니, 이렇게 이쁘신데 어떻게 개그맨이 되셨어요?"

내가 미쳐서 하는 말이 아니고 진짜 종종 듣는 질문이다. '이렇게 이쁘신데'라는 앞 어절을 나름 해석해보면 '도저히 개그맨이 될 것 같지 않은 비주얼로 어떻게 개그맨이 되었냐'는 뜻이 아닐까. 그런데 개그맨으로 뽑힌 과정은 더 미스터리하다. 그와 동시에 내 유일한 자랑은 이 얼굴로 개그맨 시험에 한 번에 합격했다는 것이다.

2006년 내 나이 스물여섯, 나는 SBS, MBC는 아예 시험도 치르지 않았고 그 해 제일 마지막에 열리는 KBS 공채 시험에만 응시했고 합격했다. 2년 전 안영미 선배가 오디션 내내 춤추고 웃어서 '저런 또라이를 봤나.' 하고 합격했다던데……. 나는 또라이도 개인기 부자도 아닌 그냥 '미스 김'이었는데 합격을 했다. 그 해에 유난히 야한 개그로 승부를 보는 지원자가 많았는데 나만 시사 개그를 한 게 합격 비결이었음을 나중에 알게 되었다.

어쨌든 1000대 1에 육박하는 경쟁률을 뚫고 단 한 번 만에 합격한 나는 '괴물 신인'이라는 자부심에 절어 있었는데 그 자부심은 생각보다 헛되고 헛되어 선배의 말 한마디에 무너지고 말았다.

합격을 하고 얼마 안 있어 KBS 전 기수 선배님들이 모이는 자리에 신인들이 인사하게 되었다. 나름 검은색 투피스에 흰색 블라우스를 입고 격식을 차렸더니만 대선배님 중 한 분이 옆에 분에게 귓속말로, 그러나 누구든 들으라는 큰소리로 "비서를 뽑았어?"라고 했다. 그리고 모두가 빵 터졌다.

비서라는 직업이 드라마에는 보통 용모단정하고 예쁘장한 분들이 맡는 역할이라 칭찬이라고 오해할 수도 있겠지만 당시 나의 차림새를 떠올려보면 그것은 결코 칭찬이 아니었다. 당분간 화장을 못 하는 신인들의 규율로 인하여 민낯의 얼굴에 머리는 반 묶음을 하고 검은색 투피스 차림으로 다소곳이 서 있는 내 외모는 도저히 끼 많은 개그맨으로는 보이지 않았을 것이다. 구시대적 발상으로 커피 타고 복사하는 그런 평범한 여직원을 낮잡아 부르던, 그런 비아냥거림이었다. 모두가 가볍게 웃어넘겼는데 당사자인 나는 '아, 내가 그 정도구나.' 하고 좌절했다.

개그맨같이 생긴 기준이 따로 있는 것은 아니지만 어쨌든 한번 보면 결코 잊지 못할 외모가 있지 않은가. 옥동자 선배님이랄지, 오지헌 선배님이랄지, 오나미랄지……. 이름만 들어도 얼굴이 딱 떠오르는 이들에 비하여 나는 지극히 평범하고 눈에 안 띄는 외모였다. 〈개그콘서트〉 무대에 설 때 지하철로 출퇴근해도 알아보는 사람이 없을 정도로 말이다.

그날 그 대선배님의 우스갯소리 한마디에 가뜩이나 낮은 자존감은 곤두박질쳤다. 그래도 억지로 끌어올려 유지하던 텐션은 봉숭아학당 캐릭터 검사에서 연거푸 실패하면서 지하

깊숙이 땅을 파고들었다.

당시 신인들은 필수적으로 캐릭터를 짜서 주 1회 검사를 맡아야 했는데 모든 선배님이 신인들의 코너를 보고 괜찮다 싶은 캐릭터는 본인들의 코너에 캐스팅하거나 아이디어를 보태주기도 했다. 나 역시 여의도 근처 찜질방에서 몇 날 며칠 밤을 새워가며 캐릭터를 짜고 콩트를 짜서 검사를 맡았지만, 결과는 번번이 실패였다. 심지어 아이디어를 보태주는 선배님도 없었다. 한 날은 코너 검사를 맡다 심지어 대사를 까먹어서 후다닥 얼버무리고 말았는데 당시 감독님이 머리를 긁적이며 "내가 쟤를 왜 뽑았지?"라고 했다.

나의 자존감이 멀쩡했다면 좀 전에 내가 한 실수에 대한 가벼운 농담쯤으로 넘어갈 수도 있었을지 모른다. 그러나 나는 이미 균형을 잃은 외줄 타기 선수였기에 그 한마디는 내 존재를 부정하고 마음을 부서뜨리는 한 방이 되고 말았다.

그러게요. 저를 왜 뽑으셔서 멀쩡한 이십 대 청춘을 나락으로 내모십니까. 싹이 안 보이면 뽑지를 마셔야지 이게 서로 무슨 난리입니까.

스물여섯, 새파랗게 젊고 낭랑하던 처자는 두 어른의 악의는 없었을 한마디에 총 맞은 것처럼 가슴이 뻥 뚫렸고 낮 동안은 애서 웃고 밤 동안은 하염없이 우는 생활을 반복했다. 그래도 조금씩 상처를 다독이며 다짐했다. 이런 사소한 한마디에 내 존재를 정의하진 말자. 나는 뽑힐 만했으니 뽑힌 거고 당분간 잔심부름을 하더라도 이 또한 내가 지금 해야 할 일이라면 열심히 해야겠지.

그 '당분간'은 무려 3년간 이어졌다. 여전히 선배님들과 동료들의 심부름을 하고 후배들에게도 치이는 신세가 되었지만 그럼에도 불구하고 그곳을 버티고 버텨 3년 후 신인상을 받았고 이듬해 아이디어상도 받았다. 그리고 아직도 직업란에 개그우먼이라고 쓰고 있으니 결국 나는 비서가 아닌 개그맨으로 뽑힌 게 맞고 감독님은 나를 잘 뽑은 게 맞는다.

나는 그 누구보다도 "버티는 자가 이기는 자다."라는 명언을 믿는다. 아득바득 독을 품지 않더라도 그냥 1mm의 숨구멍이라도 있다면 뻐끔뻐끔 숨 쉬며 버티는 거지 뭐. 그 이후로 나는 후배들 중 캐릭터가 애매~하다 싶은 친구가 있으면 유난히 향후를 지켜보고 응원하게 된다. 조금 친해지는 계기가 있다면 조심스레 말도 해주는 편이다.

"절대 위축되지 마. 너 이쁜 편이야."

되게 많이 알진 못해서 대단히 북돋아주는 칭찬은 못 하고 그냥 내 선에서 할 수 있는 최선의 응원이다. 나의 이 말이 무슨 뜻인지 알까? '저 이쁜 편이 아니라 이쁜데요?'라고 생각했을지도 모르겠다. 아이고, 그렇다면 내가 그 친구의 가슴에 총을 쏜 거네.

한국사능력 있다,
이거야

의지박약 만렙 김경아 인생에 유일한 자랑거리는 한국사능력검정시험 1급 자격증 획득이 아닐까 싶다. 요즘 공무원이나 대기업 입사 시험에 한국사 자격증은 필수 항목이라는데 나는 어디 취직할 것도 아니면서 자격증을 땄다.

강제성 전혀 없이 오로지 나의 의지로 문제집을 사고 인터넷 강의를 들었다. 이 얼마나 박수와 칭찬을 받을 일인가. 처지고 흐릿한 3년간의 코로나 시기 동안 유일하게 긍정적이고 또렷하게 기억할 만한 업적이라고 할 수 있다.

사극 드라마로 싹튼 나의 한국사 사랑은 스무 살이 넘어 읽은 《조선 왕 독살사건》이라는 책으로 활짝 꽃을 피웠다. 사극 드라마를 워낙 좋아하다 보니, 책 속의 실존 인물을 사극 속 배우를 떠올리며 상황을 머릿속에 그렸고 노트에는 인물 관계도 그리듯 계보를 적어가며 심취했다. 이를테면 이런 식이다.

여기 문정왕후가 여인천하의 전인화, 전인화의 아들이 훗날 명종, 명종 위가 인종인데 전인화가 독살함(으로 알려짐). 무서운 여자

그렇게 조선사를 익히니 웬만한 영화나 드라마의 사극 배경은 어느 시대의 무슨 사건인지 곧바로 이해하는 수준이 되었다. 마침 역사 프로그램이 늘어나면서 나의 역사 사랑은 부스터를 달았다.

그러던 어느 날, 프랑스에서 건너온 파비앙이라는 총각이 한국사 시험 1급을 땄다는 인터뷰 기사를 보았다. 어찌나 시기와 질투가 폭발하는지 이대로 가만있으면 안 되겠다는 강한 동기부여가 일었다.

'아니, 저 외국에서 온 청년이 1급을 땄는데 김경아 너 지금 뭐 하는 거야. 이러고도 네가 역사를 좋아한다고 떠벌릴 자격이 있어?'

프랑스에서 온 파비앙이라는 청년한테 증명을 해보이고 싶었다. 그는 김포에 사는 독기 품은 아줌마의 존재조차 몰랐을 테지만 나는 파비앙에게 당당히 도전장을 내밀었다. 그날 바로 시험 원서를 내고 서점으로 달려가 문제집을 사왔다.

초급 시험 문제집을 푸는데……. 자격증 시험 문제와 스토리텔링식의 역사 공부는 결이 전혀 달랐다. 문제가 너무 어렵고 이론은 외워지지 않았으며 멀쩡하던 머리가 욱신욱신 아파왔다. 나는 파비앙에게—나 홀로 당차게—내민 도전장을 슬그머니 거두어들였다. 그리고 참으로 나답게 응시 당일, 시험장에 가지 않았고 시험 응시 취소도 하지 않아 응시료 2만 원을 그냥 날렸다.

그러다 MBC〈선을 넘는 녀석들〉프로를 보는데 어떤 초등학생이 1급 자격증을 땄다고 자랑을 하는 것이다. 나는 또 불타오르는 열정과 승부욕으로 나의 아들뻘인 초등학생에게 도전장을 내밀었다. 다시 한번 말하지만 파비앙도 그 초등학생도 실제로 도전장을 받지는 않았다. 나 홀로 들이미는 옹골찬 도전장이다.

외국에서 온 청년도 땄는데! 나보다 서른 살 어린 초등학생도 땄는데! 이렇게 포기하기엔 너무 자존심 상하잖아!

시험 한번 보는데 동기부여를 얼마나 심어줘야 하는지 참으로 갈 길이 먼 나무늘보의 기질이지만 어쨌든 간신히 초급 한국사 문제집 한 권을 다 풀고 드디어 시험이라는 것을 치렀다. 결과는 6급 턱걸이 합격이었다.

역사를 좋아하는 것과 한국사 시험은 정말 완전히 다른 문제다. 역사를 좋아하면 인조시대에 병자호란이 일어났고 인조가 삼전도에서 항복을 했다는 것만 알면 되지만 시험을 준비하려면 병자호란이 1636년에 일어났고 1592년에 일어난 임진왜란 때의 전투 지역과 구분을 지을 줄 알아야 한다. 그야말로 반만년 역사의 주요 사건이 일어난 연도와 전후 개연성을 꿰고 있어야 시험을 치를 수 있다.

초급 시험에 합격했지만 이대로 멈추기엔 동네방네 시험 본다고 떠벌린 게 걸렸다. 그리고 때마침 역사학자 심용환 선생님과 유튜브 촬영을 할 기회가 있었는데, 1급 시험이 너무 어려워 엄두가 안 난다고 하니 선생님은 "바짝 하면 됩니다." 라며 '대문자T'스러운 해답을 제시해주었다.

그리하여 나는 1급에 도전하기로 마음먹었다. 학창시절에도 안 다녀본 독서실을 정기 결제하여 아이들 학교 간 시간에 가서 공부하기도 하고 그토록 이해 못 하던 카공족 체험도 해보았다. 정말 신기한 게 카페에서 공부하니 집중이 잘되었다.

역시 경험해보지 않으면 함부로 판단해서는 안 된다(그래도 상식을 넘는 시간 동안 4인석에 혼자 앉아 있는다든지, 멀티탭까지 챙겨와 작정하고 자리를 잡는다든지 하는 건 비매너라고 생각한다).

3개월을 공부하고 드디어 시험 날 아침, 수능 보는 학생처럼 남편이 시험장까지 태워다주고 파이팅을 외쳐주었다. 나는 신분증과 수험표 그리고 컴퓨터사인펜을 들고 결연한 의지로 시험을 치렀다.

결과는 1급 합격! 이번에도 턱걸이 합격이었지만 어쨌든 1급은 1급이다! 무엇보다 그토록 떠벌렸던 나의 역사 사랑을 증명할 수 있어서 뿌듯했다. 프랑스에서 온 총각 파비앙과 서른 살 어린 초등학생에게 던진 도전장이 부끄럽지 않아서 기뻤다. 영화 〈명량〉이 먼저 개봉하긴 했지만 한산도 대첩이 먼저고 명량, 노량해전 순이라고 아들에게 설명할 수 있어서 좋았다. 내가 역사 속에서 가장 안타까운 죽음으로 여기는 소현세자의 독살을 다룬 영화 〈올빼미〉를 보며 남편에게 요목조목 설명할 수 있어 신이 났다.

시험을 치른 지 어언 2년이 지난 지금 세세한 연도과 전후 사건은 죄다 까먹었지만 기회가 된다면 동네 아이들에게 역사를 재미나게 들려주는 '이야기 아줌마'가 되고 싶은 꿈이 있다.

'흥청망청'이 연산군 시절, 기생들을 흥청이라고 불렀는데 그 기생들한테 국가 재산을 다 탕진해서 '흥청이 망청이다.' 하여 흥청망청이 되었다는 이야기.

'함흥차사'는 아들 이방원이 형제들을 죽이고 왕이 된 사실에 크게 상심한 태조 이성계가 고향 함흥으로 돌아가 칩거하며 아들이 보낸 차사를 죄다 죽임으로 함흥으로 간 차사는 돌아오지 않는다는 뜻에서 함흥차사가 되었다는 이야기.

이런 이야기를 역사 속 사건과 함께 아이들에게 들려주면 재미있는 옛날이야기로 받아들여 재미있어하지 않을까? 머릿속으로는 청사진이 장황하게 펼쳐지는데 시험 한번 치르는 데도 온갖 동기부여와 도전의식을 박박 끌어다 써야 했던 내가 언제 또 어떤 식으로 꾸물꾸물 일을 벌일지……. 함흥차사다 함흥차사.

하루아침에
인스타 스타

그놈의 인스타를 하질 말아야지. 평화롭게 잘 살고 있다가도 인스타에서 다른 사람들의 화려한 일상을 보다 보면, 방금전까지 나쁘지 않던 내 삶이 '이 꼬라지'가 돼버리고 만다. 산이 너무 높으면 올라갈 엄두도 안 나듯이, 퍼스트클래스 타고 유럽여행 가서 에펠탑이 보이는 호텔에서 효소 먹는 인플루언서는 부럽지 않다. 엊그제 싱가폴에서 온 것 같은데 오늘 다낭에 가서 풀빌라 조식 먹으며 썬크림 바르는 백만 유튜버도 부럽지 않다.

하지만 34평 아파트를 먼지 한 톨 없이 깨끗하게 유지하며 사는 미니멀 라이프 주부들을 보면 그렇게 부러울 수가 없다.

아침, 점심, 저녁으로 따뜻한 집밥 레시피를 맛깔나게 요리하는 유튜버도 참말로 부럽고 질투 난다. 그분들을 보면 지금까지 내가 '이런들 어떠하리, 저런들 어떠하리.'라고 애써 주장했던 게으름이 '그거 너 핑계야.'라며 한 소리 듣는 것 같아 부끄럽다.

'애들 학교 보내고 나면 좀 쉴 수 있지. 아침에 정신없었잖아. 잠깐 소파에 누울 수 있지.'

누가 뭐라고 하지도 않았는데 스스로 자기최면을 걸며 소파에 눕는다. 그렇게 가장 편한 자세로 인스타의 바다를 헤엄치다 보면 모델하우스보다 깔끔하게 집을 정리해놓은 영상이 뜬다. '이런 알고리즘은 도대체 왜 뜨는 거야. 경각심을 가지라고 AI가 경고하는 거야 뭐야.' 하고 그때라도 핸드폰을 내려놓고 활동을 시작하면 되는데 나는 의지박약한 데다 40여 년간 단련된 피해의식 내공이 어마어마하다는 것이 문제다.

'사람으로 받은 상처는 동물로 치료하자.'라며 푸바오 영상, 앵무새가 사람말 따라 하는 영상 등을 보며 마음의 평정을 찾는다. 나도 참 나다.

'경아상점'이라는 스마트스토어를 개설하고 이른바 '공구'를 시작하며 내심 인플루언서가 되고 싶었다. 사람들은 동경

하는 사람이 사용하는 물건을 사고 싶어 하니까. 나도 그들이 좋아할 만한 멋진 여성이 되고 싶었다. 그래야 물건을 팔 수 있으니까.

하지만 나의 삶이 그들보다 낫지 않으니 아무리 용을 써봐도 난 선망의 대상이 될 수 없었다. 우리 집은 제품을 찍을 만한 하얀 벽이 없으며 밀키트를 플레이팅하기엔 예쁜 그릇이 하나도 없다. 심지어 요리도 못한다.

그럼에도 최선을 다해 판매를 했고 나의 진심을 믿어주는 소수의 고마운 고객들에게 후회 없는 제품을 제공했다. 그런데 제품을 팔고 매상이 오르면 기쁨이 되고 동기부여가 되어야 하는데 나는 시간이 지날수록 부담이 되었고 이른바 현타가 계속 들었다.

촬영을 하려고 주방을 정리하고 앞치마를 매고 원래부터 요리를 잘하는 사람처럼 정성스레 한상을 차리는 것이 힘에 부쳤다. 그럼에도 내 기준에 최선을 다했으나 인스타 속 인플루언서에 비하면 한없이 비루하고 초라했다. 또 나를 궁금해하지 않는 사람들에게 내가 쓰는 제품이 좋으니 사라고 강요하는 행위에 지쳤고 결국 내 주변사람들만 계속 사주는 형국이 죄스러웠다.

그래서 나는 '경아상점'을 접었다. 접고 나니 개운하고 후련했다. 주부들에게 새로운 블루오션이라는 스마트스토어의 대열에 합류해야 한다는 강박에서 벗어나니 그렇게 자유로울 수가 없었다. 스마트스토어. 누구나 할 수 있지만 아무나 할 수 있는 것은 아니었다.

그러다 어느 날, 운전하던 중 신호 대기에 걸려 몇 분간 동영상을 켜고 넋두리를 했다. 큰아이가 초등학교에 입학하고 혼이 쏙 빠지게 아이들 픽업하며 정신을 못 차리던 그때 일을 그냥 떠들었다. 6년이나 지난 때였지만 어제 일보다 생생했기에 떠드는 게 재밌었다.

집으로 돌아와 약간의 편집을 마친 후 인스타에 올렸다. 몇 분 후, 둘째아이를 픽업하는 길에 인스타를 열어보니 반응이 폭발적이었다. 인스타를 시작한 이래, 아니 개그맨 데뷔 이래 이런 폭발적인 반응은 처음이었다. 영상은 순식간에 10만, 20만이 넘어가더니 그 주에 100만 조회수를 기록하며 여기저기에서 인증샷이 올라왔다. 그야말로 난리가 난 것이다.

'이게 그렇게 재밌나? 뭐가 그렇게 재밌으셨지?'

어안이 벙벙한 채로 '그럼 다른것도 올려볼까?' 싶어 워킹맘의 하루, 등원 후 브런치 타임 등의 일상을 몇 개 더 올렸다.

1.7만에 불과하던 나의 팔로워 수는 그 주에 당장 3만이 넘었고 한 달 만에 5만이 늘어 6.7만에 이르렀다. 내가 그렇게 용쓰고 사진 찍고 인플루언서를 흉내 낼 때는 꿈쩍도 안 하던 팔로워 수가 그냥 내 일과를 나열했을 뿐인데 용솟음쳤다.

영상 하나당 평균 700개 이상씩 달리는 댓글의 주 내용은 "저희 집에 CCTV 다셨나요?", "민간인 사찰 금지입니다.", "저의 하루와 너무 복붙이라 소름 끼쳐요." 등등 한마디로, 사람 사는 게 너무 똑같아 그 사실에 말도 안 되는 위로와 공감을 얻는다는 것이다.

9만 원짜리 앞치마를 살까 말까 고민했던 지난밤, '내가 이 나이 먹도록 9만 원이 아까워서 못 사?' 하고 푸념하면서도 '나 아닌 그 누구도 앞치마가 9만 원이면 망설이지 않을까?'라는 동질감을 찾아내어 위안한다. 그리고 결제를 취소한다. 물에 젖을 앞치마를 9만 원이나 주고 살 필요는 없지. 암만. 이런 나를 보며 그런 동질감을 얻는 게 아닐까.

내 오늘 하루가 비루한 것은 '나만 비루해서'였다. 인스타 속 한강뷰에 사는 여인의 삶은 우아한데 경기도 신도시 어디쯤에 사는 나는 '나만 이러고 사는 것 같아' 비루했던 것이다. 근데 김경아라는 개그우먼이 나와 너무 똑같이 살고 그에 달린 천 개의 댓글 속 엄마들이 나와 똑같이 산다니 비루한 줄 알았던 나의 삶은 순식간에 수직 상승되어 평균치를 웃돌게 된다. 이 어찌 아름답지 아니한가.

사실 위로는 내가 제일 많이 받고 있다. 선망의 대상이 되고 싶어 물속에서 발버둥치는 백조처럼 애쓸 때는 꿈쩍도 안 하던 대중의 관심이 모든 것을 내려놓고 '찐아줌마'로 다가서니 마구 쏟아진다. "쓰신 선글라스 어디 거예요?", "신으신 신발 어디 거예요?", "어디 가신 거예요?" 등등등. 나에게 관심을 줘도 너~무 주신다. 감개가 무량해도 너~무 무량하다. 비루했던 내 삶이 아름다워지니 모든 순간순간이 위로요 공감이다.

이놈의 인스타가 나를 나락으로 밀어 넣더니 이제는 대한민국 어딘가에 사는 한 번도 마주치지 않은 친구들을 연결해준다. 한 번만 더 밀어보지, 뭐. 나는 오늘도 피드에 올릴 사진을 찍는다.

당신은
꼭 필요한
존재라는 말

2016년부터 〈투맘쇼〉라는 엄마들 전용 공연을 하고 있는데 어느덧 9년 차에 접어들었다. 사업가 기질을 타고난 경미 언니가 엄마들을 위한 공연을 해보자고 큰 그림을 그렸고, 세계 최강의 추진력을 자랑하는 승희가 그길로 포스터 촬영할 곳, 티켓 인쇄할 곳, 의상 협찬해줄 곳 등등을 일사천리로 알아왔다.

나는 큰 그림도 그릴 줄 모르고 엉덩이도 무거워서 무슨 도움이 될까 싶었는데 다행히 극작과를 나온 가락으로 공연 대본과 제안서 초안을 작성했다. 아이디어 회의는 같이하고 그 내용들을 대본화하는 작업일 뿐이지만 경미 언니와 승희는 그 능력도 높이 평가해주었다.

운이라고 해야 할지, 장점이라고 해야 할지 모르겠지만 나는 인복이 많다. 딱히 개인기 없이도, 큰 재주 없이도 좋은 사람들 덕으로 이날 이때껏 개그맨이라는 밥그릇을 놓치지 않고 버텨오고 있다.

경미 언니에게 바통을 이어받아 미려가 투입되고 나서도 〈투맘쇼〉의 인기는 계속되었다. 미려는 초창기 멤버가 아님에도 충분히 그 역량을 뽐내주었다. 미려가 무대 위에서 노는 모양을 보다 보면 천상 연예인이라는 감탄이 절로 나온다.

〈투맘쇼〉를 시작하던 해에 태어난 지율이가 어느새 열 살이 되고 선율이는 무려 중학생이 되었다. 9년 차에 접어든 나는 〈투맘쇼〉에서의 내 역할에 대해 심각한 고민에 빠졌다. 내가 과연 아직도 투맘쇼에 필요한 인재일까? 이제 나는 모유수유에 대한 기억도 흐릿해지고, 갓 아이를 낳은 산모를 보면 그 고통스럽던 산후우울증은 까맣게 잊고 마냥 예뻐 보이기만 하는데…… 엄마들의 공감을 사지 못하는 게 아닌가 하는 두려움이 덜컥 드는 것이다.

어쩌면 하찮은 열패감일 수도 있지만 나는 노래도 못하고 춤도 못 추고 혼자서 무대를 장악할 카리스마도 없는데 더 다재다능한 인재가 투입되어야 하지 않을까 하는 생각도 든다.

의리, 우정을 걷어내고 냉정한 잣대로 평가하자면 나는 이제 다른 배우에게 자리를 넘겨줘야 할지도 모른다.

이런 이야기를 두루뭉술하게 동료들에게 털어놓으면 미려와 승희는 그게 무슨 소리냐며 다른 사람 누가 있겠냐며 손사래를 쳐준다. 그런데도 회의감에 빠진 내 귀에는 그들의 만류가 그저 인복 많은 덕분이지 재능 많은 때문으로는 보이지 않더란 말이다.

그러다 동네 엄마를 만나 차를 마셨다. 그렇게 친하지도, 그렇다고 어색하지도 않은 사이라 카페에서 적당한 분위기로 차 마시기 딱 좋은 이였다. 그녀가 느닷없이 이런 말을 했다.

"〈투맘쇼〉 진짜 너무 재밌어요."

그렇지, 이분도 〈투맘쇼〉 관객이셨지. 〈투맘쇼〉 재밌는 건 알 만한 사람은 다 아는 사실이라 나는 대수롭지 않게 "맞아요. 너무 재밌죠."라고 순순히 인정했다. 그러자 그녀는 덧붙여 칭찬을 해주었는데 그 말은 나에게 아주아주 특별한 위로가 되었다.

"언니가 꼭 있어야겠던데요? 너무 필요한 존재 같아요."

나에게 하는 칭찬이 맞나? 나는 나도 모르게 "제가요?"라고 반문했다.

"딱 언니의 텐션이 너무 좋던데요? 언니 텐션이 있어야 미려 님이 사는 거 같아요."

차를 마시다 가볍게, 별 뜻 없이 한 칭찬일지도 모른다. 그런데 그 말 한마디가 〈투맘쇼〉에서의 내 역할을 결정짓는 데 막대한 영향을 끼쳤다. 공연을 함께하는 미려와 승희가 해주는 칭찬은 믿어지지가 않았지만 나와 아무 관계없는 동네 엄마의 평가는 온전히 받아들여졌다.

모르던 바는 아니었다. 〈개그콘서트〉 시절부터 지금까지 나는 주인공보다는 받쳐주는 역할을 주로 했고 또 잘했다. 그리고 그 역할은 아무나 하는 것은 아니라고 인정도 받았다. 나를 포함해 받쳐주는 역할을 잘하는 친구들을 일컬어 '명품 니쥬'라고 했다. 니쥬는 도움닫기라는 일본어로 방송가에서 쓰이는 은어—고쳐야 할 일본의 잔재이지만 이해를 돕기 위해 딱 한번만 쓰도록 하겠다—이다. 주인공을 띄워주기 위한 도움닫기, 또 너무 폭주하는 주인공을 제동하는 숨고르기. 그것이 내 역할이었고 잘하는 일이었는데…….

어쨌거나 〈투맘쇼〉는 '두 엄마 쇼'이기 때문에 두 엄마의 존재감이 동등해야 한다는 생각에 집착했나 보다. 두 엄마라고 해서 둘 다 빵빵 터뜨릴 필요는 없는 건데 내가 어느새 자격

지심에 빠져 있었나 보다.

공연 후기에 속속들이 올라오는 미러에 대한 칭송 그리고 MC 조승희를 향한 칭찬 그리고 나를 포함한 〈투맘쇼〉 전체에 대한 호평. 나를 콕 집어 칭찬하는 후기는 잘 없다. 처음엔 그것이 나의 역할이고 그럼에도 감사했다. 그런데 시간이 흐르고 그런 후기들을 계속 접하다 보니 내 역할이었던 것이 어느새 내 한계로 와닿았던 것 같다.

그런 고민들을 이어가던 중 생각지도 못한 상대에게서 듣게 된 "언니가 꼭 있어야겠던데요?"라는 한마디는 놀랍도록 은혜로운 칭찬이었다. 좌절하고 낙망하는 누군가에게 이 말만큼 치료가 되는 말이 또 있을까. 평소에 잘 만나지도 않던 그녀와 어쩌다 차를 마시게 되었는지……. 나는 이렇게 또 하루를 은혜로 적시는구나 싶어 눈물이 핑 돌았다.

앞으로도 개그우먼으로서 당연히 '웃기려고' 노력은 하겠지만 너무 속상해하지는 않기로 했다. 필요한 만큼 쓰임을 다하자. 그러다 보면 또 내가 반드시 필요한 곳이 생기겠지, 나의 텐션이 필요한 어딘가가 반드시 있을 거라 믿는다.

요즘 엄마는
육아하기 편하겠다고?

토요일 아침이다. 일주일 내내 방송 일로 바쁜 한 주였다.
한 주간 INFP 성향으로 ENFP처럼 살아낸 김경아여, 맘껏 빈
둥댈지어다. 눈은 떴지만 몸은 여전히 침대에 파묻혀 있는 토
요일 오전, 나의 빈둥지수는 아직 30%도 채워지지 못했다.
내 성향상 오늘 종일 침대에서 한 발자국도 안 나가는 것, 쌉
가능이다. 그러나 배 아파 낳은 아이들은 내 성향과 별개로
늘 배가 고프다.

"엄마, 배고파."

이 땅의 모든 엄마는 아이의 저 "배고파." 소리에 자신의 성
향이 무엇이든 상관없이, 현재 품고 있는 욕구와 욕망을 내려

놓고 주방으로 기어 나온다.

어제 잠들기 전에, 한 약사 선생이 '아침 식사로 절대 주지 말아야 할 3가지 음식'으로 식빵, 시리얼, 바나나를 뽑은 유튜브 영상을 보았지만, 나는 오늘 아침으로 토스트에 시리얼에 바나나를 줄 참이다. 아침 식사로 주기 딱 좋은 음식을 만들어 놓고는 왜 아침으로 주지 말라고 하여 자꾸 애먼 엄마들만 죄인을 만드는지 모르겠다.

'내일은 떡국이라도 끓어야지.'

아침을 제공하면서도 아이에게 미안해진다. 그러는 나 자신이 또 가여워져 한숨을 푹 쉬곤 식빵에 딸기잼을 바른다. 그러다 문득 그 옛날, 가락 청과물시장에서 상품성 없는 딸기를 두 상자씩 사다가 밤새 잼을 만들었던 엄마 생각이 났다. 엄마는 하루종일 일하고 어떻게 딸기잼까지 만들었을까……

아침에 일어나면 밤새 졸여댄 딸기잼 냄새가 온 집안에 진동했다. 노르스름한 옥수수 식빵에 엄마가 만든 딸기잼을 척척 발라 한입 베어 물고 입안에 빵이 가시기 전에 흰 우유를 마실 때의 극락이란……

그러고 보니 그때는 김도 일일이 구워서 들기름을 바르고 소금을 뿌렸다. 우리 엄만 그것을 언제 다 해냈을까. 돈을 아끼려고 그랬겠지. 돈 한 푼을 더 벌어보려고 퇴근하고 나서도 귀걸이 포장하는 부업을 했던 엄마였다. 우리 엄마만 그렇게 억척스러웠던 건지, 그 시대의 엄마들이 으레 그랬는지 모르겠지만 그때와 비교하면 나 애 키우고 돈 벌기 힘들다는 투정은 정말 씨알도 안 먹힐 배 부른 소리다.

90년대 K-직장인 영상이 알고리즘에 떠서 본 적이 있다. 홍수가 나서 허리까지 물이 차올랐는데 넥타이를 맨 직장인들이 서류 가방을 머리로 올리고 물살을 가르며 출근하는 영상이었다. 그 시대의 서울 사투리를 쓰며 "비가 와서요~ 버스도 안 다니고요~ 오늘 지각할 것 같아여~" 하며 웃는데 그야말로 낭만의 시대였다.

에어컨이라는 게 없던 그 시절, 초등학교 교실에는 벽에 매달린 선풍기 한 대에 의지하며 50명이 토요일까지 수업을 했지만 지금 생각해보면 '너무 더워서 고생했다.'라는 기억은 조금도 안 든다. 분명 되게 더웠을 텐데 아무리 떠올려보려 해도 더워서 힘들었던 기억이 없다.

이런 하나하나의 '지금은 상상할 수 없는 극한'이 모여 꼰대력이 완성되나 싶다. 육아는 장비빨이라고 설거지해주는 식세기 이모님, 빨래 말려주는 건조기 이모님, 심지어 최근에

75

는 분유 타주는 브레짜 이모님도 있다. 아무리 꼰대력을 뻗치려 해봤자 그 시절을 모르고 이 시대에 살고 있는 요즘 엄마는 똑같이 육아가 힘들다. 그런 엄마들에게 "요즘은 애 참 편하게 키운다."라고 해봤자 꼰대 소리나 듣지 그 누가 "맞아요. 선배님."이라며 인정해주겠나. 오늘 아침 식빵에 잼 바르던 나처럼 '옛날 엄마에 비하면 나는 꿀 빠는 거지, 뭐.'라고 스스로 깨달으면 다행인 거다.

왜 신통방통한 육아템은 갈수록 늘어나는데 애 키우는 건 도통 편해지지가 않는 건지. "애 하나 키우는 건데 절절매고 떠받들고 사니 편할 수가 있나."라고 또 훈수를 두신다면 할 말은 없지만 육아템이 늘어나는 만큼 챙겨야 할 것도 늘어나는 요즘이다. 옛날 육아 못지않게 요즘 육아도 쉽지 않다.

혈당 스파이크로 아침에 과일 주스 먹이지 말라 하고, 정제 탄수화물 먹이지 말라 하고, 성조숙증 위험이 있으니 육가공 식품 먹이지 말라 하고……. 우유를 먹이라는 사람, 절대 먹이지 말라 하는 사람, 비타민이 꼭 필요하다는 사람, 필요 없다는 사람…….

나는 잘못하면 빗자루로 얻어맞고 자랐는데 요즘은 등짝만 때려도 아동 학대다. 나는 열쇠를 목에 걸고 해가 질 때까지 놀다가 애들이 다 가고 나면 그때서야 집에 가서 오빠랑 보리차에 밥을 말아 진미채 반찬 하나로 뚝딱 저녁 먹고 부모님 오실 때까지 이불을 죄다 꺼내 무덤놀이, 귀신놀이를 하며 보냈다. '그 시절의 초등학생 경아'가 지금 동네를 돌아다니면 엄마들이 뭐라고 수군거릴지 뻔하다.

"저 집 엄마는 애들을 전혀 신경 안 써. 너무 방치하는 것 같아."

전업맘은 전업맘대로 온 신경을 육아에 집중해야 하고 워킹맘은 워킹맘대로 일과 육아를 동시에 잡아야 한다. 쏟아지는 정보와 남들의 이목에 줏대 없이 발맞추기에 급급했던 적이 몇 번이던가. 요즘 엄마들은 정말 90년대 파이터 같던 선배들에 비해 절박함이 결여된 세대일까. 이렇게 혼이 쏙 빠지는데도 여전히 갈피를 못 잡는 것은 정말 헝그리정신이 없어서일까? 그래서 일도 육아도 사회생활도 다 부족한 걸까?

출근길에 하늘이 너무 예뻐 그 길로 퇴사를 했다는 MZ들의 자기만족감에는 꿀밤을 때려주고 싶지만 마냥 참고 인내하는 것이 미덕인 줄 알았던 고리타분함에는 반기를 들고 싶다.

식빵에 잼 한번 잘못 발랐다가 나는 꼰대인가 아닌가 하는 심오한 주제까지 넘어와버린 토요일 아침이다. 아마 나는 다시 태어나도 못난이 딸기를 사다가 딸기잼을 만들어주는 엄마가 되기는 힘들 테다. 억척스레 김에 소금 뿌려가며 굽는 엄마도 되지 못한다. 그토록 바지런했던 엄마의 딸 김경아는 동네 분식집에서 컵볶이에 슬러시까지 골든벨 울리는 데 재미가 들려서 돈 펑펑 쓰는 지율이 엄마가 되었다.

탕후루는 안 된다고 해놓고 학원 마치고 "하나만 먹을까?"라며 먼저 제안하는 엄마 말이다. 탕후루가 충치에 안 좋은 걸 알지만 오늘 너무 힘들었다는데 달디단 탕후루 하나 먹을 수도 있지 누가 나에게 돌을 던진단 말인가. 애초에 탕후루를 만들지를 말든가. 그 맛있는 걸 만들어놓고 왜 자꾸 엄마들한테 사주지 말라는 건지. 왜 엄마들만 악역을 감당해야 하는지 모르겠다.

학교 앞에서 파는 솜사탕도 그렇다. 애들한테 팔려고 가지고 나온 건데 못 먹게 하는 것도 곤욕이다. 슬라임도 그렇게 애들 좋아하게 만들 거면 애초에 성분 좀 신경 써주지. 뒤늦게 엄마더러 위험하니 못 만지게 하라 하는지.

사고만 났다 하면 무조건 부주의한 엄마 잘못이라는데, 요즘 엄마의 한 사람으로서 조금 억울하다. 어떤 상황인지는 차치하고 아마 그 엄마는 아이가 다쳤다는 자책감으로 두 번,

세 번 지옥을 경험할 게 뻔히 그려지니까. 부디 엄마를 너무 신격화하지 말았으면 좋겠다. 엄마도 한때 '우리 엄마'가 발라주는 잼에 식빵 먹다가 어느새 어른 되서 결혼한 철부지일 뿐이다.

나의 교육관, 육아관은 앞으로도 굉장히 흔들리고 줏대가 없겠지만 매일 돈까스에 비엔나소시지만 먹고 살았던 나도 제때 생리하고 163cm으로 적당히 크고 무탈하게 살아왔다. 내 아이들도 적당히 식빵에 시리얼 주고 마라탕에 탕후루도 먹어가며 그 와중에 시금치도 먹고 당근도 먹고 브로콜리도 먹어가며 잘 자라줄 것이라 믿는다.

아침부터 철학적인 생각을 너무 했더니 심히 고되다. 그런 의미에서 오늘 점심은 마라탕탕탕탕 후루후루 내맘에 단짠단짠한 것 좀 먹어야겠다.

나만 그런 게
아니라는 공감

1.7만이었던 작고 소중한 나의 인스타 팔로워 수가 3개월 만에 10만을 돌파하면서 광고 및 협찬 제의도 들어왔다. 나름 유명세를 즐기는 와중에 덜컥 강의 제안까지 들어왔다. 벼락 인플루언서 김경아는 그대로 얼음이 되고 말았다.

사람들은 내가 조곤조곤 말도 잘하고 이런저런 썰을 유쾌하게 풀어내니 '말'로 하는 모든 것을 다 잘하는 줄 아는데 크나큰 오해다. 학창시절에도 좌우앞뒤로 4명한테만 개그맨이었지 오락부장 시켜놓으면 아무 소리도 못 하는 숙맥이었다. 좌중을 휘어잡는 카리스마는커녕 어둡고 후미진 곳만 골라 쥐도 새도 모르게 활동하는 닌자 같은 재담꾼. 그게 바로 나란 말이다.

그런 나에게 백화점 문화센터에서 강의를 해달라는 제안이 들어온 것이다. 나는 당연히 정중하게 고사할 생각이었다. 백화점이라니! 문센이라니! 안 되지 안 되고말고.

그러나 제안을 준 담당자님은 음지에서 활동하는 조용한 재담꾼 하나 정도는 손쉽게 장악할 수 있는 화려한 카리스마의 소유자였다.

"경아 님을 보고 싶어 하는 엄마들 딱 30명 정도만 소소하게 신청 받아서요, 팬미팅처럼 자리를 마련할까 해요. 저희가 커피와 다과도 준비해드리고요. 저는 결혼도 안 한 싱글이지만 순전한 팬심으로 추진하는 여름 특강이에요. 꼭 뵙고 싶어요, 경아 님."

그걸로 게임 끝이었다. 30명? 〈투맘쇼〉로 매주 꼬박꼬박 300명씩 만나는 공연쟁이의 짬바가 있지. 30명은 어떻게 비벼볼만하지 않을까? 팬미팅? 오 마이 갓. 팬미팅이라니! 나에게 진짜 팬이 있다는 거야? 오로지 나만 보러 사람들이 온다고? 커피와 다과까지? 결혼 안 한 싱글이 내 콘텐츠에 공감을? 이건 진짜 찐 팬심이잖아. 따흑. 나 너무 감동이야. 진행시켜!

담당자님의 간곡한 설득은 없었다. 짧지만 강한 한 번의 제안으로 설득되어 콜을 외친 것이다. 나는 그때부터 강의 준비에 돌입했다.

그런데 사실, 내 인생의 강의가 이번이 처음은 아니다. 강의가 처음이 아니었기에 더더욱 강의를 하고 싶지 않았다. 내지난 모든 강의는 실패로 얼룩진 이불킥의 원천이요, 낮은 자존감이라는 결과물을 안겼을 뿐이었으니까.

첫 강의는 청소년들에게 꿈을 실어주자는 취지의 강의였다. 아는 사람은 알다시피 꿈 없이 25년을 살다가 얻어걸려개그맨이 된 '오늘만 사는' 김경아가 청소년들에게 무슨 해줄말이 있었겠는가. 허경환 잘생겼다는 얘기, 유민상은 생각보다 많이 안 먹는다는 얘기……. 안 해도 되는 말만 하다가 개콘 티켓 필요하면 연락하라는 메시지만 남기고 도망치듯 빠져나왔다. 다시 떠올려도 어디 숨고 싶은 기억이다.

두 번째 강의는 갓 취업한 신입 직원들의 멘토가 되어 달라는 강의였다. 아는 사람은 알다시피 25년간 꿈 없이 살다가 얻어걸려 개그맨이……. 그래 그렇게 사는 김경아가 20대의 새파란 청춘들에게 무슨 해줄 말이 있겠느냐 말이다. 심지어 그땐 갓 임신을 한 몸으로 퉁퉁 부어서 외모적으로나 인지도 면에서나 그들에게 일말의 동기부여가 전혀 안 되는 상태였다. 지금 생각해보면 그럼에도 먼저 살아온 선배로서 그들에게 해줄 말이 왜 없겠느냐마는 그때는 스스로 내 말에 영향력이 없다고 치부했다.

몇 번의 강의를 제대로 말아먹고 난 내 인생에 강의는 다시는 없다고 죽어도 하지 않겠노라고 다짐했던 것이다. 사람은 망각의 동물이어서일까, 아니면 이번엔 대상이 엄마들이어서일까. 강의를 수락하고 초안을 작성하는데 왠지 이번엔 두려움보다는 잘해보고 싶다는 의욕이 앞섰다. 무슨 말을 해줘야할지 명확히 정리하지는 못했지만 하고 싶은 말은 분명히 있었다.

당신은 정상이라고. 화내다가 울다가 우울하다가 웃다가 '내가 왜 이러지?' 하고 자학하다가 아이의 받아쓰기 100점에 세상을 다 가졌다가 남편의 통명함에 사는 낙을 잃어버리는 하루에 평균 5억 7천 번 바뀌는 이 감정의 소용돌이가 매우 정상적인 현상이라고. '엄마는 빵점이야.'라고 밤마다 죄책감에 울지 말라는 말을 꼭 해주고 싶다.

강의 당일. 준비한 내용으로 진심을 다해 메시지를 전했다. 호르몬의 노예였던 내 육아기를 나누며 1시간 동안 별의별 수

83

다를 떨었다. 나는 내 메시지에 굳이 교훈이나 감동을 담으려 애쓰지 않았다. 그럼에도 어느새 나도 울고 엄마들도 울었다.

지독한 산후우울증 시절 말 못 하는 아기에게 "네가 나한테 원하는 게 뭐야? 말을 해 말을!" 하며 고함을 질렀던 순간을 자수하니 똑같은 범죄를 저지른 죄인들이 곳곳에서 눈물을 터뜨렸다. 나만 사이코인 줄 알았는데 다들 그랬다 하니 내 가슴속에 있던 그 시절, 초보 엄마 김경아가 눈물을 닦고 위로를 받았다.

일과 육아 두 마리 토끼를 잡으려다 모두 놓치고 살던 시절, 선율이의 유치원 식판 설거지를 깜빡하고 그냥 보낸 날, 나는 죄책감으로 주저앉았지만 결혼 안 한 동료들은 나의 괴로움을 공감해주지 못했다. "선배님, 선율이 밥 잘 먹었을 거예요."라는 엉뚱한 지점에 닿은 위로는 홀로 고군분투하는 워킹맘을 더욱 나락으로 빠지게 했다.

식판을 안 씻었다는 말을 꺼내자마자 강의실 여기저기에서 탄식의 한숨이 터져 나왔다. 무슨 심정인지 엄마는 아는 것이다. 내가 그때 어떤 심정이었는지 7년 후, 불특정 다수의 엄마들이 공감해주었다. 엄마들에게 위로와 공감을 전해주고자 나선 자리에서 공감 받지 못해 우울했던 선율맘이 뒤늦게 따뜻한 위로를 받았다.

강의를 마치고 집에 돌아오니 디엠이 쏟아졌다. 조용히 가서 안아주고 싶었다는 어느 초등학교 1학년 엄마의 위로에, 중학교 1학년 선율이 엄마는 그만 엉엉 울고 말았다.

첫 강의를 마치고 감사하게도 다른 지점의 문화센터에서도 연락이 와서 이야기를 나누는 중이다. 정말 알 수 없는 인생이다. 내 깜냥에 무슨 강의냐 싶어 얼떨떨하다. 생각지도 못했던 일이 나도 모르는 사이에 진행되고 그 걷잡을 수 없는 흐름에 그냥 몸을 맡기고 있을 뿐이다.

인스타 속에서 1.5배속으로 말하는 유쾌하기 그지없는 재담꾼 김경아가 실제로는 세상 느릿느릿한 낯가리는 아줌마인 걸 알면 많은 엄마가 크게 실망하겠지만. 애들도 오늘만 사는 사람처럼 키우는 허당 엄마에게도 들을 말이 있다 하니 어디 한번 풀어볼까 싶다. 거창한 말을 들려준다는 사명보다는 내 이야기에 눈을 맞춰주고 고개를 끄덕여주는 엄마들의 공감이 보고 싶다. 어디 갔다 이제 나타난 거야 엄마들~! 딱 기다려 내가 간다.

엄마 김경아는 오늘도
아이 덕분에 웃는다

| CHAPTER 02 |

엄마가 되어보니
알게 된 것

유난히 정신없는 아침이다. 아들에게는 김치찌개, 달걀프라이, 고등어, 샤인머스캣, 요거트를 아침으로 제공했다. 아침에 유난히 입맛이 없는 딸에게는 간단히 시리얼과 빵을 줬다. 어제부터 감기 기운으로 골골한 남편이 "아침 뭐 있어? 얼른 먹고 병원 가게."라고 묻는다. '아침 뭐 있어?'라는 질문은 사실 '아침을 든든하게 먹고 싶다.'라는 그만의 시그널이다.

젠장 내가 뭐 밥 차리는 기계인가 싶은 마음이 가득하지만, 몸이 안 좋으니 삼세 번, 아니 열세 번 참는다. 마침 어제 끓여놓은 콩나물국과 촬영하고 받은 주꾸미 볶음이 있어 어떠냐 물으니 "오 맛있겠다."라고 한다. 아프다면서 입맛은 도나

보네.

그렇게 아들 밥상, 딸 밥상, 남편 밥상까지 30분 동안 밥상을 세 번 차리고 아이들 등교를 마쳤다. '오늘 유난히 빡세네.' 하며 한숨 돌리려던 찰나…… 아차! 딸아이가 우산을 놓고 갔다. 식탁을 돌아보니, 감기 기운으로 골골한 남편은 밥을 맛있게 먹고 있다. 에라이, 내가 가고 말지.

앞치마 차림 그대로 패딩 하나 걸치고 우산을 들고 서둘러 뛰어 나갔다. 소문난 느림보 딸내미가 오늘따라 발에 모터를 달았나 왜 안 보이지? 휴대폰 전원은 왜 벌써 꺼놓은 건지. 애는 비 온다고 다시 집에 온 건가? 길이 엇갈렸나? 온갖 걱정을 하며 뛰어가는데 다행히 저 앞에 분홍 뉴발란스 패딩 모자를 뒤집어쓰고 저벅저벅 걸어가는 딸아이가 보인다.

"지율아~" 하고 부르니 듣지 못한 것 같다. 조금 더 달려가 "지율아~" 하고 더 크게 부르니 그제야 듣고 돌아본다. 엄마를 발견한 딸아이의 표정이 해처럼 밝다. 가던 길을 돌아 엄마에게 달려오는 딸의 미소가 어찌나 밝고 예쁜지 순간적으로 '엄마 하길 잘했다.'라는 감격까지 들었다.

"나 때문에 뛰어온 거야?"

"그럼~ 지율이가 우산을 두고 갔더라구."

"맞아. 헤~ 고마워~"

지율이가 표현한 '고마움'은 사전에 명시된 '남이 베풀어준 호의나 친절 때문에 마음이 흐뭇하고 즐거운 마음'이라는 해석보다 더 큰 의미를 갖는다. 그냥 비가 오면 오는 대로 모자를 덮어쓰고 가도 됐다. 그런데 엄마가 헐레벌떡 뛰어오며 우산을 건네줄 때 지율이는 왠지 모를 안도감과 보호받고 있다는 안정감을 느꼈을 것이다. 그리고 나는 우산을 펴들고 몇 걸음 가다가 돌아보고 또 몇 걸음 가다가 돌아보는 지율이의 햇살 같은 미소에 그날 오전의 정신없음을 모조리 보상받았다. 새삼 행복했다.

나의 엄마, 아빠는 참으로 바쁘셨다. 분명한 것은 당신들의 욕구를 채우느라 가정을 등한시한 것이 아니었다는 것. 그야말로 먹고사느라 바쁜 생계형 부모님이셨다. 어렸을 때 우리 가족은 그야말로 각자도생의 삶이었다.

나와 두 살 터울의 오빠가 서울 송파구 석촌동 반지하 방에서 보낸 유년 시절을 떠올리자면 지금으로선 있을 수 없는 에피소드가 참 많다. 그 당시에는 도어록이 아니어서 현관문을 열쇠로 열어야 했다. 그래서 항상 열쇠를 목에 걸고 다녔는데 엄마는 "사람들이 애들만 있는 집인 걸 알지도 모르니까 안 보이게 열쇠를 목 안으로 넣고 다녀."라고 했다.

열 살 즈음이었나. 감기에 걸려 혼자 병원에 간 적이 있다. 의사 선생님이 청진기를 대려 웃옷을 걷다 열쇠를 발견하고는 나를 어찌나 기특하게 보시던지. 그때 당시 진료를 마치면 반지를 주셨는데 그걸 다섯 개나 받아 왔던 기억이 생생하다.

또 생생한 기억은, 오빠가 아홉 살, 나는 일곱 살이었을 때의 일이다. 오빠가 열이 많이 나서 도저히 학교를 가지 못하는 상황이었다. 이불에 누워 있는 오빠 옆으로 엄마랑 아빠가 앉아 있고 나는 유치원 가방을 메고 문 앞에 서 있었다. 평소에 엄마, 아빠랑 같이 나갔기 때문이다.

이윽고 엄마, 아빠가 일어나는데 그 사이로 드러난 오빠의 모습이 아직도 잊히지 않는다. 오빠 이마 위로 수건에 쌓인 얼음주머니가 놓여 있었는데 주머니에 끈이 달려 천장에 고정되어 있었다. 혹여나 얼음주머니가 이마에서 떨어질까 봐 끈을 달아 천장에 매달아놓은 거였다. 오빠는 얼음이 차가운지 어떤지도 모른 채 그냥 눈을 감고 있었는데 지금 생각하면 참으로 가슴 미어지는 아침 풍경이다. 열이 펄펄 나는 아들의 이마에 얼음주머니를 올려놓고 돈을 벌러 나가야 하는 부모님의 심정은 오죽하셨을까.

아이들이 아파서 간호할 때면 그날의 잔상이 떠오르곤 한다. 아이가 아픈 것은 마음 아프지만 나는 아이 곁에서 온전히 간호할 수 있음에 감사하다. 그때 찢어졌던 엄마, 아빠의 마음이 이제야 보인다.

부모님은 우리를 그렇게 악착같이 길러냈다. 일과 육아로 바쁜 와중에도 참 좋은 부모님이었다. 아빠는 저녁이면 늘 가정통신문을 손수 확인하고 사인을 해주었는데, 당시 친구들은 항상 "경아 아빠 최고!"라고 해주었다. 그땐 '그게 왜 최고지?'라고 생각했는데 결혼해보니 알겠다. 자녀의 가정통신문을 확인하는 아빠는 잘 없다.

부모님의 이런 뼈를 깎는 수고를 보고 자란 나는 비록 공부는 잘하지 못했으나 근면함과 성실함을 배워 12년 개근이라는 자랑스러운 업적을 남겼다. 아파서 집에 있다 한들 별 볼일 없다는 것을 일곱 살 어린 나이에 오빠를 보며 경험해서일까 나는 죽어도 학교에서 죽는다는 일념으로 곧 죽어도 학교에 갔다.

요즘은 신청서만 내면 결석을 해도 출석으로 인정을 해준다. 나도 종종 학교를 빼먹고 아이들과 여행을 갈 때가 있다. 그럴 때면 '좋~을 때다. 녀석들아. 나 때는 어림도 없었다.'라고 일장연설을 늘어놓고…… 싶지만, 난 꼰대가 아니니 참으려다.

아이들을 키우며 나는 생각지도 못한 일로 어린 시절의 결핍을 보상받는다. 비오는 날, 교문 앞에서 우산을 들고 기다리는 선율이 엄마를 어린 경아가 좋아한다. 딸아이 생일에 피아노를 선물하는 지율이 엄마를 어린 경아가 좋아한다. 집에 온 선율이 친구에게 설탕과 케첩을 바른 핫도그를 간식으로 내오는 선율이 엄마를 어린 경아가 좋아한다. 일곱 살 여자아이는 '미미의 집'이 있어야 한다며 딸이 사 달라고 하기도 전에 먼저 사오는 지율이 엄마를 어린 경아는 좋아한다.

지율이의 다섯 살 생일에 친정엄마가 공주 드레스 열두 벌을 사왔다. 그 과함에 어처구니가 없어진 것도 잠시, 이내 '그래, 이건 경아 엄마가 그 옛날 좋아했던 거구나.' 싶다. 오빠 옷을 물려 입히느라 딸에게 분홍 옷 한번 제대로 못 사준, 스물두 살에 엄마가 된 억척 새댁의 한풀이였으리라. 엄마는 할머니가 되어, 딸은 엄마가 되어 파란만장한 지난날에 남은 아쉬움 한 숟갈을 그렇게 보상받는다.

꽃은 어디에
피어 있든

나는 사실, 자녀들의 교육에 대단히 열정적인 엄마는 아니다. 애초에 아들이 태어날 때부터 부모로서 자녀의 공부에는 연연해하지 않기로 남편과 약속했는데, 그것은 결심이 아니라 그냥 운명 같은 것이었다. 남편이나 나나 'in서울'에서 대학을 나오지 않았지만 요란법석한 캠퍼스의 낭만을 즐겼고, 지금까지 잘 먹고 잘 살고 있는 원동력은 학력이 아니었기에 아이들의 세상은 더욱 그런 세상이 되지 않을까 기대했다.

그리 결심했던 때나 아들이 중학생이 된 지금이나 대한민국의 교육열은 크게 달라지지 않았지만 나는 여전히 자녀의 성적에 연연해하지는 않을 작정이다. 그러나 나의 이 교육관이 옳은 것인지 그릇된 것인지는 아들이 커봐야 알 수 있기에 계속되는 고민과 혼란은 어쩔 수가 없다.

아들과 파주 헤이리 예술 마을에 나들이를 갔다. 어느 헌책 파는 공방 앞에서 아들은 한참을 들여다보며 "여기는 뭐 하는 곳이야?" 하며 발을 떼지 못했다. 하필 그 공방이 쉬는 날이라 안에 들어가보지는 못했는데 나는 그날 아들의 미래를 잠시 본 것 같았다.

연남동 어느 작은 공방에서 그림을 그리고 있는 선율이.

성수동 작은 소품숍에서 피규어를 진열하고 있는 선율이.

제주 애월읍 해안가 작은 매점에서 바나나우유와 딸기우유를 정갈하게 진열하는 선율이.

왜 계속 내 아들의 미래를 '작은' 어느 곳에 집어넣는지는 모르겠지만, 상상 속에서 확실한 건 내 아들이 행복한 모습이라는 거였다. 그래서 좋았다.

이렇게 그림 그리고 피규어 만지는 게 행복인 아이한테 수학은 진짜 동기부여가 안 되는 학문이겠구나 싶었다. 한편으론 디즈니나 지브리스튜디오에 취직할 수도 있는 애를, 되레 엄마가 작은 꿈으로 한정 짓는 것은 아닌가 싶어 입 밖으론 내뱉진 않았다.

"꽃은 어디에 피어 있든 나비가 날아든다."

대학 시절 교수님이 우리에게 해준 말씀이다. 학교에서 얼마나 많은 인재를 배출했는지, 시스템이 얼마나 훌륭한지는 관심 없고 오로지 '지방전문대'라는 프레임에 갇힌 세상의 시선에 교수님은 당당해지라고 했다.

"조금 늦을 수는 있어도 너희들이 있는 곳에서 활짝 피어만 있다면 벌과 나비는 언젠가는 너희를 찾아온다."

나는 우리 아이들이 어디에서든 활짝 피어 있는 사람이 되었으면 좋겠다. 꽃박람회 한가운데에서도 시들어 있는 꽃이 있을 수 있고 험악한 바위산 꼭대기에서도 활짝 피어 있는 꽃이 있을 수 있다. 어딘지도 모르는 시골 찻길에 온갖 먼지를 뒤집어쓰고서라도 코스모스는 활짝 피어 있다. 어디에서든 활짝만 피어 있다면 지나가다가도 돌아와 사진을 찍게 되는 '시선 강탈'의 주인공이 될 수 있다.

나는 우리 아이들이 연남동 공방에서든, 애월읍 편의점에서든 혹은 디즈니 본사에서든 어떤 미래를 맞이하게 되더라도 활짝 피어나는 존재가 되길 응원한다.

쓰고 보니 글에 오류가 있네. 연남동, 성수동, 애월읍에 가게를 차릴 돈이 없다. Anyway. 사랑을 듬뿍 받고 자라 활짝 피어

있을 우리 아이들의 미래가 'in서울'이 아니면 어떻겠어. 본인이

어디에 피어 있을지 알아서 잘 크겠지. 별걱정을 다 해.

언제나 오늘을
충실히 살았기에

　토크쇼에 나오는 유명한 연예인분들의 인터뷰에서 "다시 그 시절로 돌아간다면?"이라는 질문에 스타분들의 대답은 한 결같다.

　"절대 돌아가고 싶지 않아요."

　이미 후회 없이 열심히 살았고, 뼈를 갈았고, 오로지 미래만을 위해 살았고……. 너무 악착같이 살아서 다시는 그 시절로 돌아가고 싶지 않다는 대답을 들으며 나는 참 존경스럽기도 하고 한편으론 안쓰럽기도 했다. 그 나이대에만 즐길 수 있는 값으로 따질 수 없는 즐거움을 '책임감'과 '목표 의식' 아래에 묻어두고 악착같이 살아야만 했던 그들의 젊은 날에 나는 존경은 표하되, 따라 할 수는 없을 것 같다.

왜냐하면 나는 감히 본받을 수조차 없는 의지박약이자, 오늘만 사는 사람이기 때문이다. 물론 그 뼈를 가는 노력 덕분에 그들은 셀 수 없는 부와 명예를 얻었고 전혀 걱정할 필요 없게 노후를 준비해놓았겠지만 나는 다시 태어나도 아마 요런 모양으로 살지 싶다.

내가 어느 토크쇼에 나간다고 가정하고, 사회자에게서 "다시 그 시절로 돌아간다면?"이라는 질문을 받는다면 나는 그게 어느 시절이든 "Yes!"라고 외칠 것이다. 심지어 그게 고3 수능 시절이라 해도!

뼈를 갈아 공부라는 것을 해본 적이 없었음에도 나는 고등학교 내내 야자(야간자율학습)를 웬만해선 빼먹어본 적이 없다. 6시 석식 종이 울리면 급식비를 이미 빼돌린 우리는 버스를 타고 시내로 가서 냉동삼겹살을 구워 먹고 파르페까지 먹고 저녁 7시(야자 1교시)에 정확히 들어왔다. 그 외에 다른 날은 매점에서 '못난이만두'로 연명했다.

야자 1교시에는 선생님이 자주 돌아다니셔서 나는 주로 문제집을 조금 풀었다. 사각사각 연필 굴리는 소리만이 감도는 정적이 흐르면 문제집을 덮고 다이어리를 꺼내 원태연 시인의 시를 적고 그림을 그렸다. 여담이지만 당시 내 다이어리는 비공식 공공재였다. 힘 주는 데 다이어리가 도움이 되어 그랬던 건지 모르겠지만 친구들이 화장실 갈 때 들고 가기도 했고, 그러다 분실했나 싶어 찾아보니 옆 반에서 발견되기도 했다.

어쨌든 다들 책상 위에 펼쳐둔 무언가에 집중해 한참 정적의 시간이 흐르다 여기저기에서 스멀스멀 적당한 소음이 들리기 시작할 무렵에는 앞뒤에 앉은 '멤버'들과 본격적인 수다 타임이 시작된다. 무서운 이야기, 남학생 이야기, 그날 야자에 참여하지 않은 멤버의 뒷담화가 주된 소재였다. 그래서 더 열심히 야자에 참여했다. 빠지면 내 뒷담을 깔게 분명했기에.

밤 10시에 야자가 끝나는 종이 울리면 모두 군인처럼 일사불란하게 학교를 빠져나갔다. 정문까지 내려가는 내리막길에서의 그 잡담 소리, 밤공기, 밤의 냄새가 아직도 기억에 생생하다.

고등학교 입학 전에 학교에서 꽤 먼 곳으로 이사를 간 나는 3년 내내 아빠가 학교 앞으로 데리러 와주셨는데 돌아가는 차에서 늘 〈별이 빛나는 밤에〉를 들었다. 이문세 아저씨가 이적 아저씨로 바뀌던 날 방송도 정확히 기억에 남아 있다.

다시 그 시절로 돌아간다면? 나는 생각할 것도 없이 어디

든 Yes다. 돌아가고 싶은 이유? 지난날을 돌이켜보면 나 또한 후회되는 일도, 바로잡고 싶은 일도 많다. 다시 돌아가서 못 해본 것을 해보고 싶은 욕심도 있다. 하지만 어느 시기든 상관없는 건, 그 어떤 시절도 즐겁지 않았던 적이 없었기 때문이다.

새 학기가 시작되고 큰아이는 중학교에 입학해서 적응하느라 한참 힘들어했다. 작은아이도 친한 친구랑 떨어져서 속상하다고 울상이었다. 내 학창 시절에 비하면 요즘 아이들은 학원을 더 많이 다녀서 불쌍하다. 그래서 자기 전이나 등교 전에 항상 말해준다.

"오늘 기분 좋은 일은 뭐였어?"

"오늘도 기분 좋은 일 하나씩 만들어 오기!"

오늘을 버젓이 살고 있는데 먼 훗날 돌아봤을 때 쳐다보기도 싫은 날로 기억한다면 오늘이 얼마나 속상할까.

뼈를 깎는 노력, 영혼을 갈아 넣은 투혼, 꺾이지 않은 마음……. 부모로서 자녀들에게 키워주고 싶은 마음가짐이기도 하다. 하지만 나는 오늘의 재미를 찾는 즐거움도 그에 못지않다 생각한다. 오늘 영혼을 갈아 넣어 수학 100점을 맞은 보람도 재미이지만 수학 지문에 나온 '현미'라는 이름앞에 '주' 자를 써넣어 주현미를 만들어놓은 재미도 나는 좋다.

쉬는 시간 10분 안에 1층 매점에서 스트로베리 페스츄리와 초코우유를 사먹고 교실로 올라와 친구랑 오목을 두고 거울 앞에서 여드름을 짜고 종이 울리면 선생님 오시기 전에 화장실까지 완료한 또 다른 근성의 학창시절이 반짝반짝했다.

돈 없고 촌스러웠던 이십대 시절도 아름다웠다. 실연당해서 변기통을 붙잡고 울던 시절도 아름답고 자취방에서 열댓 명이 모여 팝송을 틀어놓고 춤추던 시절도, 그러다 행거가 넘어져 깔깔거리며 웃던 그 밤도 추억이다.

다리가 아프다고 절뚝이는 둘째의 종아리를 마사지해주는 밤, 혹시 모른다. 오늘 이 밤이 30년 후에도 기억될 밤일는지도. 그래서 오늘을 살아야 한다.

최연소 수포자 아이를
지켜보는 엄마의 혼란한 마음
1

아들 방에서 연신 한숨 소리가 새어 나온다. 수학 숙제를 하는 모양이다. 한숨만 쉬면 다행인데 누구랑 싸우는지 계속 시비다. 6학년 졸업을 앞두고 비로소 수학 학원에 등록했는데 거기서 내준 세 장의 숙제가 아무래도 쉽게 풀리지 않는 모양이다.

아들이 숙제를 마치고 샤워를 하러 간 사이 방에 들어가 슬쩍 문제지를 보는데 영 꺼림칙하다. 아무리 내가 수학머리가 없다지만 이게 이렇게까지 나올 답이 아닌데 싶었던 거다. 네이버에 공식을 알아보니 아니다 달라 죄다 틀렸다.

이제 이 사태를 어떻게 해결해야 할 것인가. 어쨌거나 숙제를 다 마치고 홀가분하게 샤워를 마친 아들에게 '처음부터 다시'라는 청천벽력을 누가, 언제, 어디서, 어떻게 전해야 할 것인가.

머리를 말리고 안방 침대에 벌러덩 누워 저녁 루틴을 즐기는 아들에게 최대한 아무렇지 않은 얼굴로 다가갔다.

"선율아, 아니~ 나도 잘 몰라서 네이버에 원의 넓이 구하는 거 쳐봤거든? 근데 반지름 곱하기 반지름 곱하기 원주율이던데?"

"근데?"

"너 지름 곱하기 지름 곱하기 원주율로 풀었던데?"

"……."

아들이 괴성을 지르거나 몸부림을 치기 전에 계산기 어플을 열었다.

"어차피 수학은 사고력이야. 계산은 계산기가 해주면 되니까."

그러곤 한 문제를 계산기로 두드려 정답을 뽑아내주었다. 그렇게 한 문제를 꽁으로 얻은 선율이는 그래도 심성이 정직한 아이라 그 문제마저 다시 검산하고 그다음에는 그 밖에 틀린 문제들도 차근차근 수정해냈다.

요즘 초등학교 수학 문제는 내 기억에 1학년 2학기부터 어려웠다.

민지가 쿠키 10개를 동생이랑 나눠먹으려는데 민지가 2개 더 먹으려면 동생한테는 몇 개를 줘야 할까요?

대충 이런 식이었는데 냅다 손가락이나 바둑돌로 어림잡아 풀고는 했다. 2학년 들어 곱셈이 나오면서 수학은 그야말로 '님아 그 강 이미 건넜소'가 되었다.

슬기는 9살이고 슬기동생은 슬기보다 세 살이 어리다. 슬기의 아버지는 슬기 나이의 5배이고 슬기 엄마는 슬기 동생의 7배일 때 슬기 가족의 나이를 모두 합한 값은?

어른이 된 내 눈에도 '오호, 방탈출 게임인가?'라는 생각이 먼저 들 만큼 꼬아놓은 문제로 보이는데, 아홉 살의 뇌는 그야말로 터져나갈 지경일 테다. 그때부터였다. 선율이의 부당함이 가득한 궁시렁 공격이 시작된 것은.

"아니, 누가 가족 소개할 때 '내 동생은 나보다 세 살이 어리고요, 아버지 나이는 5배예요.' 하냐고."

"아니, 우유를 거의 다 먹었으면 '우유 다 떨어졌다!'라고 하지 누가 '우유를 3분의 2 먹었네!' 하냐고."

"아니, 테이프를 그냥 대충 잘라 쓰는 거지 누가 '15센티 써야지.' 하고 쓰냐고."

"아니, 요즘 다 카드 쓰거나 그냥 만 원짜리 내지 누가 천 원짜리 세 장 백 원짜리 5개 십 원짜리 9개를 내냐고."

하나하나 다 주옥같은 지적이다. 틀린 말이 하나 없다. 서술형, 논술형, 사고력이란 이름의 꼬아놓은 수학 문제는 선율이의 뇌 구조로는 도통 납득되지 못했고 아들은 그렇게 최연소 수포자의 길로 들어서기를 선택했다.

그러다 초등학교 졸업을 앞두고 본인도 이대로는 안 되겠는지 학원에 가자는 엄마 아빠의 청유를 거절하지 않았다. 본인이 먼저 학원에 가겠다는 것도 아니고 부모의 권유를 거절하지 않았다는 것만으로도 부모는 대단한 쾌거라며 만세를 불렀다.

한편으론 '애가 이렇게까지 수학을 싫어하는데 그냥 안 하면 안 되나?' 싶다가도 고3까지 필수과목인데 싫다고 손 놓으면 학생의 본분이 아니지 싶어 중학교 의무교육까지는 멱살

107

잡고 끌고 가볼 심산이다.

그 결심은 채 두 달도 안 되어 다시 원점으로 돌아가는
데…….

최연소 수포자 아이를
지켜보는 엄마의 혼란한 마음
2

선율이는 중학생이 되도록 수학 학원을 다니지 않았고 스스로 공부하지도 않았다. 너무나 당연하게도 수학 성적은 꼴찌였다. 낮은 정도가 아니라 진짜 꼴찌였다.

그러다 초등학교 졸업을 앞둔 11월, 드디어 선율이가 학원에 가겠다고 결심을 해주었고(?) 다니는 동안은 성실하게 잘 다녀주어서 나는 더 이상 수학에 관한 스트레스를 받지 않아 안심이었다. 우등생은 언감생심 꿈도 안 꾼다. 그냥 너무 쉽게 수포자의 길로만 가지 말았으면 하는 바람이었다.

이로써 선율이는 주 3회 월, 수, 금은 학원을 다니고 나머지의 날들은 학원에서 내주는 숙제를 했다. 물론 선율이는 힘들어했지만 또래의 아이들은 그보다 더한 스케줄을 소화하고 있었기에 늦은 만큼 더 열심히 해주길 바랐다.

그러다 갑자기, 어리석게도, 느닷없이 학원을 한 달만 쉬자고 제안을 해버렸다. 비록 목줄에 끌려가듯 하긴 했지만 어쨌든 애는 잘 다니고 있었는데 내가 먼저 그리 제안했다. 그냥 끊자고 하려다가 1퍼센트라도 그 결정을 후회하게 될까 봐 한 달만 쉬자고 말을 뱉었다.

소질도 흥미도 없고 심지어 너무 싫어하는 수학을 가르친다고 왜 아이를 주 3일씩이나 보내놓고 매달 30만 원씩을 갖다 바쳐야 하는지 갑자기 회의감이 들었기 때문이다. 입 밖으로 불쑥 꺼냈을 뿐 사실 머릿속으로는 두 달 내내 생각했다. 이게 맞는 건가 싶어서 엄마로서 고민하고 또 고민했다.

살면서 싫은 것도 해야 하고 인내하는 힘도 길러야 한다지만 그걸 꼭 수학을 해내면서 길러야 할까? 선율이는 아직 수영을 못한다. 수영 학원을 다니다 싫다고 그만뒀는데 싫어도 해내야 하는 종목은 차라리 수영이 아닐까? 수학 학원을 다니면서 그나마 읽던 책도 한 페이지도 안 읽는다. 책 읽을 시간도 없고(없지는 않지만) 책 읽으라고 잔소리하기도 눈치 보여서 안 하고 있는데 이게 맞는 걸까? 나는 수학 공식보다 독서의 힘이 더 중요하다고 믿는 엄마이지 않았나. 그냥 주 3회 진득하니 책 읽는 시간을 보장해주면 어떨까? 중학교 올라가기 전 마지막 방학 한 달을 수학 학원에 다니면서 보내면 나중에 아쉬워하지 않을까?

학원 째고 놀러가자고 하니 "보강 잡는 게 더 싫어. 그냥 학원 갈래."라고 말하는 선율이의 대답에 뭘 또 그렇게까지 싫을까 싶어 또 화가 났다. 그래서 홧김에 학원을 때려치웠다. 그리고 선율이에게 아빠 따라 수영을 가고 수학 학원 갈 시간에 책을 읽자고 제안했다. 선율이는 당연히 그 제안을 흔쾌히 수락했고 얼굴엔 그야말로 화색이 돌며 행복한 소년으로 돌아왔다.

문제는 강제성이 없는 그 제안을 선율이는 제시간에 알아서 하지 않는다는 것이었고 나는 "너 이럴 거면 그냥 수학 학원 가."라는 모양 빠지는 소리를 한다는 것이었다.

무엇이 정답인지 내가 미리 살아온 길인데도 모르겠는 게 답답하다. 공부를 못했지만 지금 현재 잘살고 있기에 공부만이 답은 아니라고 생각하다가도 "공부를 잘하면 선택할 수 있는 길이 더 많은 건 사실인데 나중에 아이가 원망하면 어쩔 거야?"라는 질문이 들어오면 가슴이 철렁한다.

절대 공부 잔소리를 안 하는 엄마가 되고 싶었다. 그리고 자신도 있었다. 아이의 존재대로 그 능력을 키워주며 사랑만 주는 엄마가 되고 싶었다. 그것은 보통의 뚝심으로는 결코 해낼 수 없는 길이라는 것을 K-초딩의 엄마가 되고 나서 깨달았다. 공부를 시키지 않는다는 것은 곧 아이를 방치하는 것이 돼버리는 현실 속에서 나는 시시때때로, 어느 쪽이 맞는지 선택지를 두고 끊임없이 고민해야 했다.

어쩌면 내 아이는 공부 잔소리를 하지 않아도 스스로 숙제도 잘하고 승부욕도 있어서 알아서 시험공부도 잘할 거라는 환상을 품었는지도 모르겠다. 당연히 그럴 리 없다는 것을 깨닫게 되면서 동시에 '이러다 애 망치겠다.', '우리 애가 이도 저도 아닌 애로 크겠구나.'라는 공포에 가까운 현실 자각을 했다. 그때부턴 교육관, 주관, 뚝심은 온데간데없이 사라지고 '저희 아이 레벨테스트를 받아볼 수 있냐.'는 상담전화를 선택하게 된다.

나 또한 두 달 전에 그런 공포심에 수학 학원마다 전화를 돌리고 간신히 우리 아이를 받아주는 고마운 학원을 만나 감지덕지하며 등원 수속을 마쳤던 것이다.

선율이와 약속한 한 달이 지나고 우린 서로 눈치게임 중이다. 선율인 이대로 엄마가 사건 내용을 까먹고 시간이 흐르길 바라고 있고, 나는 아직도 결정을 마치진 못했지만 내심 선율이가 '아무래도 학원 도움을 받는 게 좋겠어.'라고 먼저 말해 주길 즉, 기적이 일어나주길 바라고 있는 중이다. 분명한 건 나라는 사람은 이렇게 결정 장애 있는 듯 시간만 보내다 결국 학원 재등록을 안 할 가능성이 크다는 것이다.

새로 산 갤럭시 울트라24엔 통역 기능이 자동 탑재되어 있다. 얼마 전 일본 여행에서 너무 유용하게 써먹었는데, 그 경험으로 설마 아이가 영어도 그만둘까 하면 어쩌나 싶은데 하물며 수학이라니……. 아이가 꼭 수능을 봐야 하나 하는 생각도 있다. 그 돈 잘 모아뒀다가 유럽여행이나 호화롭게 다녀와볼까 싶은데 하물며 수학이라니…….

앞으로도 나는 엄마로서의 고민을 계속하겠지. 과연 우리의 미래는 어떤 경로로 펼쳐질까. 나의 오늘 이 결정이 인생 게임처럼 결정적인 선택은 아니었으면 좋겠다.

어디서 뭘 하든 선율아, 넌 행복할 거야. 엄마 아빠가 그렇게 키울 거니까. 이렇게 생각하면 마음이 좀 낫다.

돈 나올 구멍,
돈 나갈 구멍

아들이 치아 교정을 시작했다. 토끼보다 큰 대문니 옆으로 비좁게 나버린 앞니가 걱정되어 4학년 때부터 벼르고 벼르던 숙원사업을 중학교 입학을 일주일 앞두고 드디어 실현하기로 한 것이다.

어차피 해야 할 일이긴 한데 지갑의 출혈이 만만치가 않다. 남편의 카드로 무이자 3개월 할부를 긁고 집으로 오는 길에 안경점에 들러 안경도 새로 맞추었다. 독일에서 새로 수입한 근시 방지 렌즈는 가격이 52만 원이다. 2년 전부터 쓰던 렌즈 인데 2년 동안 시력이 나빠지지 않아 맹신하는 브랜드라 고가의 가격에도 포기할 수가 없다. 올해는 블루라이트까지 차단

되는 렌즈가 새로 개발되었다고 하니 그걸로 해야지, 뭐. 아무리 늘려도 제자리로 돌아오는 주니어용 티타늄 안경테는 20만 원인데 할인해서 16만 원이다. 아줌마 경력 15년 차인데도 도통 깎을 줄을 모르는 숙맥 김포댁은 "아, 그래요?" 하고 곧이곧대로 72만 원을 계산했다.

식탁에 앉아 다이어리에 애들 신학기 준비물이랑 학원 스케줄을 정리하다 책을 덮어버렸다. 결국 또 돈 나갈 일들이라 가슴이 턱 막힌다. 엄마 속을 아는지 모르는지 해맑은 권지율은 "3학년엔 이미지를 바꿔보고 싶어. 새 옷을 사야겠어."라고 명랑만화 악역 같은 말투로 말한다.

나도 너무 그러고 싶다만 말없이 드레스 룸에 가서 봄옷을 꺼내와 사이즈를 대보았다. 겨우내 별로 안 키준 권지율의 성장 속도에 한숨을 쉬기보다 오히려 한시름 놓았다.

어린 시절, 엄마는 말버릇처럼 그러셨다.

"돈 나올 구멍은 없는데 나갈 데는 왜 이리 많은 거야."

그 말은 태초부터 진리인 양 세대를 거슬러 엄마가 된 딸의 입에서도 고스란히 흘러나온다. 진짜 돈 나올 구멍은 없는데 나갈 데는 왜 이렇게 많은지 암만 계산기를 두드려봐도 매달 적자다.

이 와중에 엄마 속을 아는지 모르는지 해맑은 권지율은 또다시 "3학년엔 태권도 꼭 보내주는 거다!" 한다. 이젠 슬슬 마블영화의 타노스처럼 무섭다. 재산의 반을 없애버리려는 것이냐.

교육열이 없는 우리 집도 이렇게 사교육비가 무서운데 다른 집들은 애들 학원을 무슨 돈으로 보내는 건지 한 사람 한 사람 붙잡고 물어보고 싶을 지경이다. 서울 어디 부자 동네의 사교육처럼 승마나 골프를 시키는 것도 아니요, 사립초등학교나 국제학교를 보내는 것도 아닌데 남들 다 한다는 태권도 하나 늘리는 것도 고민이니 뱁새가 뱁새처럼 사는 것도 문득 버겁다.

전 세계에서 사교육에 돈을 가장 많이 쓰는 나라가 대한민국이라는 기사를 봤다. 그런 현실에 반기를 들고 싶은데 그럴 수 없는 현실이 자존심 상한다. 초등학교 입학 전부터 교구 수학, 놀이 수학을 하는 대한민국에서 6학년 졸업할 때까지 수학을 안 했으니 버틸 만큼 버텼다고 봐야 하나. 그러나 중학교 입학을 앞두고 결국은 학원 등록을 했으니 내 줏대를 끝까지 지키지 못했다고 봐야지.

오늘 하루만 돈 400만 원을 시원하게 긁고 스타벅스에 앉아 까짓것 400만 원이나 4,006,300원이나 하는 마음으로 돌체라떼를 사먹었다.

내 돈 나갈 구멍은 내가 만든다. 해동해둔 소고기 등심을 놔두고 삼겹살이 먹고 싶어서 굳이 다시 마트에 가서 한돈 삼겹살을 사왔다. 4백만 원이나 4,021,800원이나. 그래도 평소 같았음 마트 여기저기를 돌며 딸기도 한 바구니 사고 과자도 샀을 텐데 딱 삼겹살만 사왔으니 목적이 있는 쇼핑이었다.

치아 교정을 시작한 선율이에게 잘게 자른 삼겹살 덮밥을 주니 맛있게 먹어주어 고맙다. "그래도 오랜 숙제를 끝낸 것 같아 홀가분하다."라고 교정을 긍정적으로 바라봐주는 선율이의 대답에 마음이 놓인다. 내가 이걸 왜 하냐고, 교정기 떼면 안 되냐고 불평불만이었으면 돈만 쓴 하루에 현타가 왔을 텐데 아이가 수긍해줬다는 사실 하나만으로 위로가 된다.

내일은 개학 전 문구용품을 사러 쇼핑몰을 좀 나가봐야겠다. 다녀오며 나는 분명히 그럴 것이다. "4백만 원이나 4,157,800원이나……."

스님 만난 날,
나를 돌아보다

종교는 기독교이고 '김 집사'라는 직분도 있지만, 개인적으로 가끔 찾아가는 안성의 작은 절이 있다. 그동안은 동료들과 같이 갔는데 오늘은 혼자 암자를 찾았다.

지금은 기독교로 개종하였지만, 그 전에 부모님은 독실한 불교 신자였기 때문에 나도 어린 시절 절을 자주 찾았다. 또 한국사를 공부하다 보니 불교가 낯설지 않고 심지어 부처님이 주시는 그 자비의 가르침이 참 평안을 준다는 생각도 있다.

두어 시간을 달려 절에 가는 길, 길이 막혀도 보채는 사람 없고 〈문어의 꿈〉 틀어 달라는 사람 없고 듣고 싶은 노래 들으니 운전이 힐링이었다. 절에 도착하니 스님은 잠시 출타 중인지 아무도 없다. 잠시 돌계단에 걸터앉아 소복이 눈꽃이 앉은 주변의 풍경을 감상했다.

평화롭다. 아무 생각도 없이 뇌의 퓨즈를 끄고 잠시 고요한 순간을 즐겼다. 나뭇가지에서 떨어지는 눈에서도 소리가 나는 듯 절을 둘러싼 모든 자연의 소리에 오감이 충만해진다.

외출에서 돌아오신 스님이 타주신 유자차를 마시며 이런저런 이야기를 나누다 문득 스님은 아무도 없는 절에서 저 많은 삶의 깨달음을 어떻게 얻으실까 궁금해졌다. 그런 내 생각이 얼굴에 비쳤던 걸까. 스님이 나를 보며 세상 자애로운 눈빛으로 불쑥 말씀하신다.

"경아 씨는 참 예쁘게 잘 살고 있잖아요."

나는 그냥 감사하다며 웃었지만, 속으로는 '모르시는 말씀'이라고 쓴웃음을 삼켰다. 내가 과연 진짜 예쁘게 살고 있을까? 마침 그날 아침에 어느 인플루언서의 릴스를 본 이후로 내 마음 상태는 조금 비틀려 있었다. 내 삶이 무척 초라하게 느껴진 탓이었다. 그러다 보니 스님의 칭찬이 곧이곧대로 들리지 않았다.

파스텔톤 앞치마를 매고 꽃무늬 티팟에 캐모마일 티를 끓이는 삶이 예쁜 삶 아닌가요? 저는 지금 설거지도 안 하고 그냥 나왔거든요. 애들은 오늘도 달걀프라이에 참치 캔을 뜯어 줬단 말이죠. 그러고 보면 스님, 속세에서 하루하루 치열하게 살아가는 하루하루도 일종의 수련 아닐까요?

지금 제가 이렇게 상냥하게 웃고 있지만, 어제 무슨 일이 있었는지 아세요? 술 취해 들어온 남편이 방문을 벌컥벌컥 열고 전동칫솔을 드아아아앙 하는 바람에 잠이 다 달아났답니다. 술기운에 콧노래까지 흥얼거리며 칫솔질을 하는 저 '인간'한테 짜증을 내보았자 그는 기억도 못 할 테고 나 혼자 화를 삭일 수밖에 없었지요. 그것이야말로 수련이 아니면 무엇이란 말인가요.

밥 생각이 1도 없는데 먹여야 할 사람이 있어 천근만근인 몸을 일으키고 앞치마를 매야 하는 아침은 어떻고요. 떡국도 끓이고 달걀프라이에 스팸도 굽고 할 수 있는 최선을 다했건만 정작 배고프다는 놈들은 먹는 둥 마는 둥 죄다 남겨서 밥 생각 없는 내가 죄다 먹어치웠지요. 지능적인 식고문인 건가 싶었다니까요? 그래도 하루는 가고 저녁에는 고등어도 굽고 된장찌개도 끓여보았건만 학원 다녀온 아들이 불닭볶음면을 사들고 와서 뜨거운 물을 부을 때 제 속에선 천불이 납니다.

이대로 잠이 들면 정말 달고 맛있게 잘 수 있을 것 같은데 그 순간 딸내미가 "엄마, 목말라." 하면요 까무룩 빠져드는 잠을 멱살 잡아 물리치고 일어나서 물을 뜨러 가야 해요. 그나마 지금은 아이들이 알아서 떠오는데, 수련은 계속된답니다. 뚜껑을 덜 닫아서 자다가 물컵을 쏟아 카페트가 다 젖어버린 게 어젯밤이었거든요.

속으로 스님께 속사포로 울화를 털어놓고 나니 절이 주는 평안함이 있어 그런가 돌아오는 길은 또 고요했다. 그리고 나는 다시 속세로 수련을 하러 돌아왔다.

그날 저녁, 할 일을 마치고 노트북 앞에 앉아 글 좀 써보려는데 딸내미가 보드게임을 들고 와 "엄마, 나랑 놀자." 하며 간절한 눈빛으로 바라보았다.

'하, 이 기회를 놓치면 나의 영감은 또 달아날 텐데……. 하지만 내가 글 쓰자고 내 자식을 외롭게 하면 책을 쓰는 일이 의미가 있을까?'

온갖 고민과 혼란과 그리고 짜증이 난무하는 가운데 일단 저장을 누르고 지율이와 거실에 가 앉았다. 나는 또 한 번 '절제'를 수련했다.

이런 게 수련이 아니면 무엇이 수련이란 말인가. 아무도 없는 고즈넉한 절에서 석가모니의 가르침을 읽으며 삼라만상의 이치를 통달하는 일은 어떻게 보면 너무 우아하고 고상한 방법이라는 생각이 들었다(일과 사람에 둘러싸여 있는 것에 과부하가 걸리면 잠시 이런 건방진 생각이 들 수 있다고 너그러이 봐주시길).

진심으로 혼자 진득하니 앉아서 글 좀 쓰고 싶다. 스님이 계신 작은 암자에서 개 두 마리의 짖는 소리와 이따금씩 날아드는 까마귀 소리를 벗삼아 타닥타닥 자판기 두드리는 소리가 장작 태우는 소리로 들리는 그 고요하고 적막한 곳에서 단 며칠간만 집중해서 작가의 삶을 살아보고 싶다.

글 쓰다가 밥 차리러, 글 쓰다가 빨래 널러, 글 쓰다가 애 데리러 가지 않고 엉덩이 진물나게 앉아서 써지면 써지는 대로 막히면 막히는 대로 원 없이 고민하며 썼다 지웠다를 만끽하고 싶다. 그런 의미에서 이 책은 집중하지 못한 환경에서 써내려간 두서없는 글이자 수련의 결과물이다.

A4지 두 번째 장 15째 줄까지 써내려간 지금까지 지율이랑 보드게임을 했고 선율이가 와서 안아주었고 그게 고마워 두유셰이크를 만들어주었고 지율이 수영학원 셔틀을 태우러 나갔고 이제 다시 셔틀에서 내리는 지율이를 데리러 나가야 한다. 아무래도 글의 마무리는 모두가 잠든 밤, 벌게진 눈을 비비고 나와 유일하게 고요한 순간에 해야 할 것 같다.

수련의 하루를 마치고 벌게진 눈으로 고요한 거실에 나와 있으니 하루 수련을 그럭저럭 잘 마쳤는지 마음이 좋다. 지지고 볶았던 오늘 하루를 돌아보니, "예쁘게 잘 살고 있잖아요." 소리를 들을 만한 것도 같다. 그래, 파스텔 톤의 앞치마를 매었던 그분도 애 키우면서 그렇게 예쁜 동영상을 찍고 편집하느라 얼마나 고생을 하실까. 수련을 쌓다 보니 타인의 수련도 보이며 비틀린 마음도 평평해진다.

나의 성질을 돋구는 저 권씨들 덕분에 가만있으면 한발자국도 안 걸을 느림보 김경아가 평균 5,000보씩은 찍으며 걸포동을 휘젓고 다니니 저들은 내 생명 연장의 꿈들이 아닌가. 이 밤이 지나면 다시 산새의 지저귐 대신 남편, 자식들의 밥 달라 소리로 하루를 시작하며 하루 수련을 또 시작하겠지. 내일의 수련은 실패일까 성공일까. 가봐야 알겠지 뭐. 수련으로 단단해진 이 땅의 모든 엄마들에게 이 말 한마디 남기며 오늘을 마치고 싶다.

"참 예쁘게 잘 살고 있잖아요."

콩콩팥팥

의사 집안에서 의사 나오고 연주자 집안에서 연주자가 나오는 건 자녀들이 부모에게 받은 유전자의 영향도 있겠지만, 부모와 함께 지내며 보고 자란 가정환경의 영향도 한몫할 것이라 생각한다.

그런 면에서 우리 집의 가정환경은 대단히 독보적이라고 할 수 있겠다. 아이들과 침대에서 빈둥빈둥 뒹굴다가 엄마는 느닷없이 일어나 마이크를 잡는 시늉을 한다. 갑작스런 행사 진행이지만 누구 하나 당황하지 않고 일사분란하게 앞으로 모인다.

"자, 지금부터 누구의 애교가 더 귀여운지 대결을 시작하겠습니다!"

열 살이 되는 지율이는 물론이고 이제 중학생이 되는 선율이마저 눈이 반짝인다.

"첫 번째 종목! 레몬 먹다 신 표정 귀엽게 표현하기! 참가번호 1번 권지율!"

참가번호 1번은 레몬을 먹는 시늉을 하더니 눈을 새콤하게 뜨고 "아이 시어~" 했다. 참말로 귀엽다.

"참가번호 2번 김경아!"

참여 인원 부족으로 행사 진행과 참여를 동시에 해야 한다. 애들을 좀 많이 낳을 걸 그랬나?

참가번호 2번은 KBS 공채 개그우먼답게 얼굴에 있는 모든 주름을 사용하여 신맛을 표현하되 혀는 반으로 접어 "아이 띠어(시어)." 하며 몸은 오징어처럼 비틀었다. 누가 봐도 심하게 과장된 표현에 아이들은 자지러지게 웃었다.

"참가번호 3번 권선율!"

아들은 사춘기에 접어들었지만 이런 거에 진심인지라 빼는 법은 없다. 참가번호 3번은 레몬을 한 입 먹는 시늉을 하더니 이내 눈을 까뒤집고 갈아먹는 쥐 흉내를 냈다. 못생겨서 웃기다.

"첫 번째 대결은 권지율의 승리! 자, 다음은 달디단 수박 귀엽게 먹기 대결!"

참가번호 1번 권지율은 처음과 비슷하게 수박을 한 입 베어 물고 "음~ 마시땅." 하며 새콤하게 웃었다. 내 딸이지만 참말로 귀엽다.

참가번호 2번 엄마는 길게 자른 수박을 후루룩후루룩 계걸스럽게 먹는 척하며 "앙 마시쪄 마시쪄."라며 또 오버를 했다. 3살처럼 보이고 싶은 저팔계가 따로 없다.

참가번호 3번 권선율은 수박을 들고 우적우적 먹더니 또 눈을 까뒤집고 수박을 가는 시늉을 했다.

"눈은 왜 자꾸 뒤집는 거야~"

"뭘 자꾸 갈아먹는 거야~"

깔깔깔깔. 아직도 저러고 노는 14세가 마냥 귀엽다.

"자, 그렇다면 다음 대결은 똥 귀엽게 싸기!"

으악으악, 우웩우웩 아이들은 토를 할 것처럼 등을 두드리며 또 한껏 반응을 해주었다. 원초적인 유대감이 형성된 사이에서 똥, 오줌, 방귀는 미취학 아동에게만 먹히는 주제는 아닌 것 같다.

참가번호 1번 권지율의 똥 싸기는 부끄러움과 '잘 살리고 싶은' 욕심이 공존하며 "끙 차. 뿌직."을 외친 후 이불 속으로

숨는 것으로 마무리되었다.

참가번호 2번 엄마의 똥 싸기는 포카리스웨트 톤의 아가씨가 '빨래 끝~'을 외치는 느낌으로

"끙~ 퐁! 아이 시원해라~ 쾌변~ 끝~" 하며 기지개를 켜는 퍼포먼스를 선보였는데 당연히 아이들은 기절초풍하며 웃어댔다.

참가번호 3번 권선율은 새삼 쑥스러워졌는지 "아……. 이건 쫌……." 하더니 그래도 참가한 이상 유종의 미는 거둬야지 않겠냐는 프로의식이 공존한 표정으로 바뀐다. 그러곤 "아 어떻게 하지?" 하더니 이내 결심한 듯 쭈그리고 앉는다. 비장하다. 끙……. 힘을 주더니 엉덩이에서 똥을 뽑아낸다. 그리고는 똥을 비장하게 들더니 아까처럼 눈을 까뒤집고 똥을 갈아 먹는다(먹는 시늉을 한다).

언빌리버블!!! 반복 개그다!!! 이것은 수많은 개그 공식 중 '반복'이라는 기술이다. 지금의 똥 먹기 퍼포먼스로 인하여 앞서 레몬 먹기와 수박 먹기는 도움닫기가 되었고 그 과정에서 쌓은 패턴, '눈 까뒤집으며 갈아먹기'를 한 번 더 반복하며 하나의 완벽한 콩트를 만든 것이다.

진행자이자 참가번호 2번이자 KBS 공채 개그우먼이자 엄

마인 나는 "와, 반복 개그를 치다니. 훌륭한데!"라며 30점만 맞던 수학시험에서 80점을 맞아 왔을 때보다 더 감격한 표정으로 칭찬을 해주었다. 진심으로 기뻤다.

자꾸 똥, 똥 해서 미안하긴 한데 이게 얼마나 섬세하게 쌓아 올린 개그인고 하니 주제가 '똥 먹기'였으면 이 반복이 이렇게 놀랍지 않았을 텐데 주제가 '똥 싸기'였단 말이다. 먹는 것으로 이어지기 쉽지 않은 주제에서 앞에서 쌓아놓은 '갈아 먹기'를 똥에 대입한 것이다. 꽤나 훌륭한 반복 개그였다고 내심 감탄했다.

선율이가 4학년 때였던가. 반에서 조별 연극을 하는데 할머니 역을 맡았다고 했다. 그러곤 어떻게 분장을 할지 고민이라며 지나가듯 말했는데 나는 냉큼 방으로 가서 숨겨왔던 소품 박스를 열며 비장하게 물었다.

"할머니 나이대는?"

박스에는 하얀 쪽진 가발부터 까만 뽀글이 가발까지 각종 가발이 가득 담겨 있었다. 그중 하나를 고른 선율이에게 가발 쓰는 법을 알려주었다. 선율이는 다음 날 친구들에게 "이런 게 왜 집에 있어?"라는 질문 세례에 잠시 피곤했다고 한다.

어느 날은 옆 반에 별로 안 친한 친구가 자기네 반 앞에서 권선율 좀 불러 달라고 하더란다. 무슨 일인가 싶어 나간 선율이에게 그 친구가 조심스럽게 건넨 말은······.

"우리 반에서 촬영을 하는데, 혹시 여자 가발 좀 빌려줄 수 있니?"

그 친구가 남자였기에 망정이지 여자아이였으면 잠시 김칫국 드링킹 할 뻔한 일이다.

선율이의 꿈은 개그맨이 아니다. 그러나 반에서 제일 웃긴 친구라는 소리는 듣는다. 6년 내내 선생님의 종합의견란에 빼놓지 않고 등장하는 표현이 있다.

[예리한 재치와 유머감각으로 친구들에게 신선한 자극을 줌]
[재미있는 말과 행동으로 교실의 분위기를 밝게 함]

재치가 얼마나 있으면 예리하기까지 할까 싶다. 나는 그래도 초등학교 때까진 '발표를 잘하고 성실하며 타에 모범이 되는' 류의 칭찬을 듣긴 했다마는 조용히 웃긴 엄마 플러스 대놓고 웃긴 아빠까지 합한 창작물이니 어쩌면 당연한 결과일지도 모르겠다.

스팽글과 레이스만 입어서 영락없는 공주과라고 확신했던

지율이마저 1, 2학년을 마치고 '기발한 말과 행동으로 친구들에게 웃음을 줌'이라는 피드백을 받았으니 그야말로 콩 심은데 콩이 나도 너무 나고 있다.

웃음은 센스다. 노상 개다리춤만 춘다고 웃길 수 있는 것이 아니다. 시도 때도 없이 까부는 아이가 아닌 '예리한 재치와 유머감각으로 신선한 자극을 준다'는 평가가 '타의 모범이 되는' 류의 평가보다 자랑스러운 걸 보니 우린 영락없는 코미디언 가족인가 보다.

이종범 선수는 이정후 선수를 낳고 허재 선수는 허웅, 허훈 선수를 낳고 김용건 선생님은 하정우 배우를 낳고 그런 이치로 우리가 낳은 권선율은 엄마, 아빠의 기술을 자신도 모르게 터득한다. 뭐, 엄마, 아빠는 내로라하는 유명 개그맨도 아니고 본인도 개그맨에 꿈은 없다지만 날 때부터 보고 들은 개그 스킬들은 또래 친구들에게 적잖은 자극을 주기에 충분하다.

졸업사진에 조용히 콧수염 하나 붙이고 태연하게 나타나는 권선율. 콧물 표현은 치약으로 그리면 감쪽같다는 걸 알려주는 권선율. 수성 매직으로 콧구멍 주위를 색칠하면 덕지덕지 칠한 것보다 훨씬 웃긴다는 것을 아는 권선율. 뭐, 공부를 잘해야만 모범이 되나요 치약으로 콧물 잘 그려도 모범이 된답니다.

어버이날과
카네이션

5월 8일 어버이날. 오후 7시가 넘어가도록 아들에게서 아무 소식이 없다. 딸은 아직 초등학생이라 학교에서 카네이션도 만들고 이런저런 미션이 있어 이미 리코더로 어머니 은혜 연주도 해주고 편지도 낭송해줬다.

중학생이 된 아들은 스스로 준비를 하지 않으면 강제로 누가 시키지도 않았을 텐데……. 설마 진짜 편지 한 장 안주는 거야? 에이 설마……. 우리 선율이가……. 나의 소울메이트, 우리 다정한 아들이…… 그럴 리가 없는데…….

저녁밥을 다 먹고 아들은 평범한 하루를 마무리하려는 듯 샤워를 하러 들어갔다. 진짜 안 주는 거야?

어린이집, 유치원을 거쳐 초등학교까지는 기념일마다 학교에서 준비를 해주는 이벤트가 있어 옆구리 찔러 절 받기로 매년 아이에게 정성스러운(선생님이 마련해주신) 카네이션을 받았다. 그 8~9년의 학습이 몸에 배었으니 중학교에 올라가서도 알아서 편지와 카네이션을, 나아가 용돈도 모아 선물까지 준비해줄 줄 알았는데 저녁이 되도록 이 녀석이 아무 반응이 없는 것이다.

오늘이 무슨 날인지 상기해줄 작정으로 아침 등굣길에 포옹을 해주며 "선율아 엄마를 엄마로 만들어줘서 고마워. 선율이가 어버이날의 선물이야~"라며 오글거리는 멘트도 시전했단 말이다.

설마, 그 말을 곧이곧대로 해석해서 아무것도 준비 안 한 건 아니겠지? 그래. 뭐 안 주면 어때. 아침에 내 입으로 고백했잖아. 우리 아이들이 아니면 내가 어버이가 될 기회도 없었어. 그 자체로 감사해야지.

애써 마음을 다잡는데 인스타 스토리에 카네이션 인증샷이 줄줄이 올라온다(그놈의 SNS 진짜 삭제를 하든지 해야지). 마음을 다잡기엔 내 안의 허영심과 시기심이 날 가만두질 않는다.

샤워를 마치고 슬슬 잘 준비를 하려는 아들 방에 들어가 나는 모양 빠지게 물었다.

"선율아, 너 진짜 어버이날 카드 안 썼어?"

"어……."

"진짜?"

"학교에서 쓰려고 했는데 망쳐서 그냥 안 썼어."

"망친 거라도 줘."

"에이~ 뭘 줘."

별 대수롭지도 않은 걸 가지고 요란을 떠냐는 식의 반응에 이성을 잃고 말았다.

"내가 그동안 널 어떻게 키웠는데!"

나도 내가 이 말을 이렇게 빨리 꺼낼 줄을 몰랐다. 의대에 진학한 아들이 밴드를 하겠다고 기타 하나 들고 집을 나간다든가 재벌 집 사위가 되어 인생 탄탄대로는 떼놓은 당상인데 첫사랑을 못 잊어 야반도주한다든가 그런 일이 생길 때 써먹으려고 아껴둔 멘트인데……. 고작 열네 살 된 아들한테, 카네이션 못 받았다고 이 말을 할 줄이야.

그러나 진짜다. 난 누구보다도 내 아들의 '모든 날'에 진심이었다. 생일에 가족여행을 가고 싶다 하면 양가 할머니 할아버지 총출동해서 제주도 여행을 갔다. 친구들과 생일 파티를 하고 싶다 하면 파티룸을 빌려 요란 법석하게 생파를 해주었다. 크리스마스는 어떠했나. 산타할아버지에게 구하기 힘든 것만 편지를 써놔서 모든 루트를 총동원해서 유럽에서 직구를 해 그마저도 우리 집으로 배송하면 들킬까 봐 후배네 집으로 택배를 보내놓는 어버이가 바로 나란 말이다.

보상을 바라고 그런 수고를 행한 것은 아니나 막상 아무 감사를 받지 못하니 부모와 자식 간이라도 기분이 상하고 억울한 마음이 드는 것은 어쩔 수가 없다.

그리고 그 억울함에는 사실 비교 대상이 있었다. 인스타 사진? 아니, 그보다 더 생생한 비교 대상이다. 바로 어린 시절의 나였다. 부모에게 은혜를 갚는 데 최선을 다했던 어린 시절의 내 모습과 심드렁히 카네이션 한 송이조차 생략해버린 아들과 비교를 하고 감정이 폭발한 것이다.

용돈이라는 것을 받아본 적 없던 나는 어른들께 세뱃돈이라도 받으면 죄다 엄마에게 맡겼다. 그래 놓고 무슨 돈이 있어 부모님의 생신과 기념일에 BYC 양말이랑 러닝을 사드렸는지. 부모가 되어 어린 나를 돌이켜보니 그 기특함에 새삼 탄복할 일이다.

그런 나와 비교해 우리 아들은 용돈도 주기적으로 따박따

박 받고 말이야. 세뱃돈도 고스란히 본인의 금고에 들어가 어떨 땐 나보다 돈이 많은 걸 내가 알고 있는데 선물은 고사하고 편지 한 장 안 써주는 무심함에 나는 화도 화지만 나의 육아 방식이 고스란히 부정당하는 느낌마저 들었다.

내가 애를 잘못 키우고 있는 것인가? 호의가 계속되면 권리인 줄 안다는 영화 속 명대사가 부모 자식 간에도 해당되는 명언인 걸까? 처음엔 화가 났다가 나중엔 조금 슬퍼졌다.

"선율아 선율이는 엄마 사랑 안 해?"

"사랑하지."

"엄마한테 고마운 마음 없어?"

"너무 고맙지."

"오늘이 그 마음을 표현하는 날이야. 1년 중 오늘 딱 하루라구!"

대단한 사기라도 당한 듯 아들 방에 들어가 억울함을 호소했다. 그러는 내 머릿속은 '이게 맞아? 너무 치사하지 않아?', '아냐, 교육시켜야지. 엄마는 희생만 하는 사람이 아니라고!' 하며 선과 악이 싸우듯 정의되지 않은 신념으로 혼란했다. 어쨌든 이왕 지른 거 잔소리를 멈출 수는 없었다.

"엄마 이번 주에 너랑 약속한 피규어샵 안 가줄 거야."

"엄마아~"

"그거 너 어린이날 선물로 가기로 한 거잖아. 나는 어버이날 선물을 받지 못했기 때문에 청소년이 된 너에게 어린이날 선물을 주지 않을 거야."

"아~ 엄마아~"

그렇게 나는 매몰차게 아들 방을 나왔다. 사실 매몰찼는지 찌질했는지는 CCTV를 돌려볼 일이다. 어쨌든 나는 그만큼 속상했고 무심한 아들에게 실망했고 치사하고 유치하든 말든 아들의 부탁을 들어주지 않기로 했다.

아들에게 김포에서 건대까지 지하철을 타든 버스를 타든 알아서 가라고 으름장을 놓았고 아들은 몇 번 안쓰러운 표정으로 엄마를 건드려보더니 포기가 빠른 김경아 아들답게 구글맵과 지하철맵을 돌려 경로를 찾기 시작했다.

어버이날이었던 수요일부터 토요일까지 나는 선율이가 한 번 더 부탁해 오기를, 사과 편지 한 장 써주면 당장 풀릴 텐데 하고 기다리고 기다렸다.

'생각해보면 어버이날 바로 전 주가 내 생일이었잖아. 그때 선물이랑 편지도 받았는데 한 주 차이로 뭘 또 받겠다는 거야.'라며 스스로 화를 풀었지만 정작 선율이는 뭣이 중한지 모

136

르는 권재관 아들답게 지하철 노선을 보고 또 보며 자신의 모험에 집중할 뿐이었다.

선율이는 결국 토요일 아침 8시 30분에 집을 나섰고 무사히 건대 입구에 도착해서 찾던 소품숍에서 엄마와 동생에게 줄 선물까지 야무지게 사서 다시 지하철을 타고 돌아왔다. 그날 못 산 게 계속 눈에 아른거린다며 이튿날 기어이 또 지하철을 타고 가신 분이 대단한 내 아들이다. 엄마와의 불화로 인해 선율이는 스스로 지하철을 세 번 갈아탔다는 성취감을 맛보았고 졸지에 지하철 박사가 되어 그다음 주에는 친구들이랑 과천 서울랜드를 다녀오기도 했다.

부모는 영원한 을이다. 아들이 해맑게 지하철 여행을 하는 동안 위치 추적을 돌려가며 아들의 노선을 함께한 엄마는 영원한 을이다. 어쩌면 갑으로 모셨던 귀한 손님, 아들을 슬슬 보내드려야 할 때인가 싶기도 하다.

유치원과 초등학교에서 때맞춰 만들어줬던 카네이션을 더 이상 받지 못하겠지. 아들의 맨 궁둥이에 입방구를 뀌지 못하겠지. 나는 이제 평생 내 아들의 알몸을 보지 못하겠지. 당연한 때가 온 것인데도 속절없이 서운해진다. 그래도 보통의 중학생치고는 뽀뽀도 잘해주고 수다도 잘 떠는 애교쟁이라며 내 아들은 특별하다는 착각을 벗지 못하는 엄마는 영원한 을의 위치이겠지.

지난 14년간 이 목숨 다하여 정성스레 모셨으니 앞으로는 받을 건 받고 줄 건 주는 상도덕은 지키는 육아를 해보련다. 좀 알아서 스윗하게 서프라이즈로 짜잔 하고 주면 안 되나 하는 아쉬움은 어쩔 수 없지만 그거 기다리다가는 무덤 들어갈 때까지 빤스 한 장 못 얻어 입을 것 같으니 지금부터라도 잘 교육시켜서 제 마누라한테는 스윗한 남편 소리 좀 듣게 해야지.

하여튼 이놈의 권씨들은 옆구리를 안 찌르면 똥인지 된장인지 상황 파악을 전혀 못 한다니까. 프리지어도 생일 전에 불쑥 사주라니까 꼭 뭐 건수가 있어야지만 사주고 말이야. 손편지 한 장 받는 게 소원이라는데 그걸 그렇게 안 써줘서 지난 14주년 생일에 겨우 한 장 받아낸 게 연애 시절 포함 첫 편지다.

웨딩촬영 때 스튜디오에서 예비신랑이 예비신부에게 편지를 낭독해주는 이벤트가 있었는데 그때도 그걸 안 해서 애드리브로 읽는 척하다 걸려 대망신을 당했던 위인이다, 권재관이. 지금 이 시각에도 해맑게 코를 골고 있는 저 코를 걸어 말어……. 역시 말이든 글이든 길어지면 결국은 남편 욕이다.

왜 나를 죄인으로
만들어요

 나는 엄마들 편이다. 내가 엄마이기 때문이다. 그러나 엄마들끼리만 사는 세상도 아니고 나는 모든 육아환경이 모두에게 공감받고 인정받았으면 한다.

 내 숏폼 동영상이 인기를 얻으며 인스타 알고리즘은 비슷한 육아콘텐츠를 올리는 엄마들의 계정으로 나를 안내했다. '참 기발하다.', '애 키우느라 바쁜 와중에 이렇게 재밌는 영상은 어떻게 찍었을까?' 쉴 새 없이 공감하며 존경스러운 와중에 때때로 같은 엄마이지만 세대 차이가 나는 영상들도 발견한다. 나도 어느새 꼰대 엄마가 되었는지 '저렇게 키우다 제명에 못 죽지' 싶어 한마디를 남기고 싶을 때도 있다. 이를테면 이런 영상이다.

전쟁나기 5초 전 상황.

-엘레베이터 버튼 엄마가 눌렀을 때

-정수기 버튼 엄마가 눌렀을 때

-바나나 껍질 엄마가 깠을 때

많은 엄마들이 폭풍 공감을 하며 좋아요를 누르셨다. 나 또한 아이들이 어렸을 때 엘리베이터 버튼을 누르고 싶어 하는 아이의 고집을 겪어봤기에 귀여운 마음으로 시청하다가도 우리 때에 비해 '내가 할래' 카테고리가 다양하고 디테일하게 확장된 것을 보고 아연실색하지 않을 수 없었다. 요즘 애들은 약통에 가루약 넣는 것도 본인이 해야 되더구먼?

내 아이가 해야 하는데 엄마가 먼저 해버렸을 때의 투정은 이해되지만 모든 일이 집 안에서만 벌어지는 전쟁은 아니라는 것이 문제다. 가령 엘리베이터 버튼을 다른 사람이 눌러버렸을 때 엄마들은 어떻게 대처할 것인가. 나는 다시 누르겠다며 고집 부리는 아이를 감담 못 하는 엄마들을 종종 봤다. 먼저 누른 죄로 본의 아니게 빌런이 된 이웃 어른은 엘리베이터 내릴 때까지 겸연쩍게 웃으며 "에구, 할머니가 미안해~ 다음엔 안 누를게."라고 연신 사과를 하셨다. 그분이 무슨 죄를 지었다고.

어찌 보면 귀여운 해프닝일 수 있지만 그럴 땐 "공용으로 사용하는 엘리베이터에 네가 먼저 누를 자격은 없어."라고 말할 수 있는 대문자T 엄마가 되어야 한다고 소신껏 발언하련다.

요즘 아이들을 두고 사람들이 부정적인 의미로 '금쪽이'라고 생각하는 원인은, 아이가 아니라 엄마들의 양육 태도에서 찾아야 한다고 생각한다. 엘리베이터 버튼을 빼앗긴 아이는 화가 나고 억울할 수 있다. 그것만 노리고 엘리베이터를 탔을 테니 말이다. 그러나 그런 상황에서 안절부절못하고 "취소 하고 다시 누르자.", "미안해. 다음엔 우리 금쪽이가 누르자." 하며 엄마가 대역죄인의 태도를 취하는 건 이래저래 도움이 되지 않는다.

물론 나 또한 '내가 할래'병이 시작되는 시기를 겪어봤기에 그때의 아이들 고집이 얼마나 대단한지 잘 안다. 신발을 거꾸로 신고 있음에도 내가 할래. 팔 나오는 곳으로 머리를 들이밀고 있음에도 내가 할래. 그 시기가 얼마나 양육자를 미치고 팔짝뛰게 하는지를 모르는 것은 아니나 나는 그럼에도 '정도껏'이라는 한계선은 정해놨다. 그래야 진짜 미치지 않는 육아를 할 수 있다. 아이의 기질을 다 맞춰주다가 결국 폭발해버리면 쏟아지는 분노는 고스란히 아이의 몫이 되기 때문이다.

미국에서 양쪽 의견이 팽팽한 영상이 하나 있다. 비행기 안에서 아이를 데리고 탄 엄마가 복도석에 앉아 있다가 착륙할 시기에 창가석에 앉아 있는 승객에게 "아이가 착륙하는 것을 보고 싶어 하는데 바꿔주실 수 있나요?" 하고 양해를 구했더니 창가석 승객이 단호하게 거절하며 "아이가 원하는 것을 모두 이룰 수 없다는 것도 가르쳐야 합니다."라는 이유로 바꿔주지 않는다. 아이 엄마는 다소 불쾌한 표정으로 너무하다고 말하지만 창가석 승객은 아랑곳하지 않고 자리를 사수하며 영상은 끝난다.

이 영상을 두고 '승객이 너무했다. 아이가 보고 싶다는데 좀 바꿔주면 어때서.'라는 의견과 '아이 엄마가 너무했다. 애초에 창가 자리를 예약했어야 했다.'라는 의견으로 팽팽하게 맞서고 있다.

처음 영상을 보고 '거 좀 바꿔주지. 애가 보고 싶다는데……. 내가 다 서운하네.'라는 생각이 든 걸 보면 나는 어쩔 수 없는 엄마 쪽인가 보다. 그런데 두 의견 측 댓글을 읽어보며 곰곰이 다른 각도로(창가석 승객 입장에서) 생각해보았다.

나도 착륙하는 걸 보고 싶었다면? 그래서 화장실 가기 불편한 거 감수하고 창가석을 예약한 거라면? 본인은 복도 거닐기 좋은 자리 예약해서 내내 활용하다 내릴 때 되어서 창가자리로 옮기겠다는 거야? 완전 이기적이잖아! 너무 몰입한 나머지 화까지 날 지경이었다.

영상 속 그 승객이 너무 매몰차게 거절하긴 했지만 틀린 말은 아니다. 하고 싶은 것을 다 할 수는 없다. 아이 때부터 가르칠 필요가 있다.

〈안나〉라는 드라마를 재밌게 봤다. 무려 수지가 주인공이다. 극 중 수지가 부잣집 사모님이 되었을 때 가정부가 "내일 아들이 수술을 해서 쉬면 안 될까요?"라고 물어보는 장면이 있었다. 내일은 집에 중요한 손님들이 오시기로 한 날이다. 수지는 황당한 표정으로 내일 무슨 날인지 모르냐고 화를 낸다. 가정부는 놀라서 "아 방금 드린 말씀은 없던 일로 할게요."라고 대답한다. 그러자 수지는 더 화가 나서 "이게 어떻게 없던 일이 돼요?"라며 강하게 한마디 한다.

"왜 나를 나쁜 사람으로 만들어요?"

그 말이 내 마음속에 콕 박혔다. 지금 없던 일로 하고 가정부를 내일 출근시키면 나는 아들 수술도 못 가게 하는 갑질 사모님이 된다. 수술 날짜가 전날 나온 것도 아니고 미리 조율했으면 될 것을 왜 이제 얘기해서 나를 못된 사람으로 만드냐는 그 대사를 우리 일상에 접목시키면 어떨까.

내가 내 아이에게 천사 엄마가 되어주기 위해서 죄없는 다른 사람을 악인으로 만들고 있지는 않은지 생각해봤으면 한다. 엘리베이터 버튼을 누른 이웃어른을 못된 사람으로 만들지 말자. 창가자리에 앉은 승객을 못된 사람으로 만들지 말자. 내가 못된 엄마가 되면 주변이 착한 이웃이 되어줄 것이다.

그래서 말인데 못된 엄마 김경아는 오늘 딸이 오면 아주 매서운 태도로 식빵 가장자리를 자르고 버터를 살짝 발라서 노릇노릇하게 구워 초코잼을 발라줄 것이다. 식빵 가장자리 안 자르면 난리 나니까. 으휴.

캄캄한 새벽을 밝힌
찌그둥한 달

새벽기도를 가는 길이다. 차에 올라 시동을 켜니 어제 오후 선율이가 듣던 10cm의 〈폰서트〉가 차량 블루투스 스피커로 바로 연동된다. 멜론에 들어가 플레이리스트를 '찬양'으로 검색해 시와 그림의 〈항해자〉로 바꿔놓는다.

아직 해뜨기 전이라 캄캄한 새벽길을 10여 분 운전해 교회로 가는 길, 평온하기도 하고 살짝 무섭기도 한 INFP는 공상의 천재라 백미러로 뒷좌석을 계속 확인한다. 귀신이 코 파고 있을 수도 있으니까.

"주 나를 놓지 마~소서~"

귀신 들으라는 듯 고래고래 찬양을 부르며 교회 앞에 도착하는데 일과를 다한 달이 교회 너머로 퇴근하기 직전이다. 주차를 하고 잠시 달을 감상한다. 아니, 달에게 시선을 뺏겼다고 해야 하나……. 어제도 떴고 내일도 뜰 그달이 내 발길을 잡고 놓아주질 않는다.

보름달에서 한 꺼풀 깎인 듯한 2% 덜 차오른 달. 딱 내일이나 모레쯤이면 완벽한 보름달이 되지 싶은 한 겹이 아쉬운 찌그둥한 보름달. 그 찌그둥한 보름달이 어찌나 휘영청 밝은지 2프로 모자랐기에 망정이지 보름달이었으면 눈이 부셔 선글라스라도 껴야 될 판이다(문그라스라고 해야 하나?).

나는 잠시 달을 보며 내 처지에 대해 감사를 드렸다. '보름달이 아니면 어때. 2프로 부족해도 저렇게 밝고 영롱한데.'

내 삶도 그렇다. 일류가 아니면 어때. 나는 나대로 밝고 너는 너대로 밝은데 우린 존재대로 언제 어디서나 휘영청 밝다. 이 새벽의 깨달음이 어찌나 철학적인지 순간 예배당이 아닌 절로 들어가야 하나 싶을 만큼 감개가 무량했다.

나는 종종 이런 아무것도 아닌 순간들에 큰 감명을 받는다. 그리고 그런 훅 들어오는 감동 및 감화는 생각보다 치료 효과가 좋아서 인생을 살아가는 큰 원동력이 되기도 한다.

사과를 먹으려고 칼로 반을 갈랐는데 유난히 사과 반쪽이 그림같이 잘렸을 때. Apple의 A를 설명할 때 나오는 그 사과 처럼 정확히 씨까지 반쪽으로 쪼개져 먹기 아까울 정도로 예 쁠 때. 나는 한참을 사과를 바라보며 "오늘 행복한데?" 하고 웃는다.

아이들이 모두 학교에 가고 나는 일도 없고 약속도 없는 날. 아침 먹은 설거지를 마치고 세탁기를 돌리고 보니 햇살이 좋다. 건조기 대신 거실 창가에 빨래를 탁탁 털어 말리고 쿠 팡플레이에서 〈꼬꼬무〉를 틀어놓고 소파에 잠시 녹아내리듯 앉아 있을 때. 하루 중 해가 가장 쨍하고 들이쬐는 오전 11시 즈음의 우리집 거실. 수건이 꾸덕꾸덕 말라가는 모습을 보며 나는 "성공한 인생인데?" 하고 매길 수 없는 감동을 받는다.

추가로 그 햇살에 져서 까무룩 잠이라도 들었다면, 그리고 무엇 때문인지 화들짝 놀라 깨서 잠시 멍하니 앉아 있다 스낵 면을 끓여 다시 소파로 와서 한참 지나가버린 〈꼬꼬무〉를 다 시 처음으로 돌려 정주행을 한다면…… 그것은 천국이다.

한 여름날 테라스가 있는 어머님댁에 갔다. 아이들은 테라 스의 미니 풀장에 넣어놓고 나는 주방에 앉아 어머님이 부쳐 주신 호박전에 막걸리 한잔을 하고 어머님은 거실 바닥에 앉 아 수세미를 뜨고 아버님은 소파에 앉아 배 위에 뻥뒤기를 올려놓고 야무지게 드시며 티브이를 보신다.

트로트 채널에선 처음 보는 트로트 가수가 어깨까지 내려오는 귀걸이를 하고 처음 듣는 노래를 부른다. 그 소리를 타고 테라스에서 아이들이 서로에게 시비 거는 소리가 들린다. 그 모든 광경을 주방 식탁에 앉아 바라보며 막걸리 한잔을 들이켜는 며느리는 "이 어찌 좋지 아니한가." 읊조린다. 절로 시 한수가 나올 행복이다.

매일 겪는 일상 중에 어느 순간 훅 들어오는 감동이 있다면 그것을 놓치지 않았으면 한다. 샤넬 백도 행복이고 아들의 백점도 행복이지만 나는 이 일상의 행복을 꾸역꾸역 가슴에 저장했으면 한다. 이런 행복이 차곡차곡 쌓이다 보면 젖는 줄도 모르게 엄청난 행복으로 충만해지기 때문이다.

물론 나는 아직 샤넬 백도 없고 아들이 백 점을 맞아본 적도 없다. 사과 반쪽에라도 행복을 느끼려면 느낄 수도 있다…… 이 말이다.

녀석이 제일
이쁠 때

딸이랑 슈퍼에 갔다 손잡고 걸어오는 길에 이런저런 이야기를 나누었다. 우리 딸은 내 딸이지만 말을 참 기특하게 할 때가 많다. 아들의 어린 시절, 하나하나 늘어가는 말재주가 신기하고 재밌어 블로그에 기록해놓은 게 분량이 꽤 되는데 딸은 둘째라 그런지 그게 마냥 신비롭지는 않았다. 오히려 열 살이 된 요즘 어른스러워진 딸의 화법에 감탄할 때가 많다.

"엄마, 나는 내가 1학년 때 혼자 목욕할 수 있는 게 너무 좋았거든?"

"응."

"근데 요즘은 가끔 할머니가 씻겨줄까 물어보시면 좋다 그래."

"왜? 네가 할 수 있잖아. 너 스스로 해야지."

이 와중에도 아이의 게으름을 탓하고 할머니를 고생시키는 이기심을 나무랐다.

"아니, 그게 아니고 할머니가 나중엔 이게 추억이라는 거야."

"응?"

"그러고 보니 나 일곱 살 때 엄마가 씻겨주면서 궁둥이 토닥토닥하고 얼굴 막 문대고 그런 게 그때는 몰랐는데 지금 생각해보니 다 추억이잖아."

"그러네……."

"그리고 할머니는 더 그럴 날이 없으실 거잖아."

"맞지……."

"그래서 요즘은 할머니가 씻겨주겠다고 하시면 '네네' 그래."

문득 나도 너무 아쉬워졌다. 내 아들 알몸은 이젠 추억 속으로 묻어두었지만, 딸은 동성이라 평생 알몸을 공유할 수 있을 줄 알았다. 그러나 그 시간들이 얼마나 될까. 목욕탕을 같이 간다 한들 내가 이 아이의 몸에 스펀지를 갖다 댈 기회가 있기나 할까.

어찌 보면 올해가 마지막이라는 생각이 들었다. 열한 살이 되면 딸아이의 지금 이 마음도 순식간에 변할 수 있을 텐데.

나는 조바심이 나는 마음으로 물었다.

"그럼 오늘 엄마가 씻겨줄까?"

"진짜진짜? 좋아좋아!!"

나는 오랜만에 샤워부스에서 딸아이의 열 살 된 몸을 씻겨주었다. 부쩍 자란 탓에 샤워부스가 비좁았고 머리 한번 감겨주는데 키가 커서 물이 사방으로 튀었다. 나도 반 샤워를 한 몸이나 다름이 없었다. 그러거나 말거나 지율이는 그 옛날 꼬마 지율이처럼 비누 거품을 가지고 놀며 뒤 돌으라면 돌고 숙이라면 숙이고 쭈그려 앉으라면 앉으며 이 순간을 온전히 즐겼다. 그렇게 귀찮고 하루의 마지막 숙제처럼 느껴지던 '목욕 시키기'를 특별 이벤트처럼 기분 좋게 마쳤다.

혼자 목욕을 한 이후에도 가끔씩 마무리를 시켜주기도 하고 욕조목욕을 함께 하기도 했지만 모두 딸이 부탁해서 해주는 목욕이었거나 미덥지 못해서 마지못해 의무처럼 해준 일과 일 뿐이었다. 실로 오랜만에 의욕적으로 목욕을 해주고 로션을 발라주고 머리를 말려주는 내내 지율이는 싱글벙글했다.

"너무 좋네."

"엄마가 말려주니 뭔가 보드라운데?"

"지금 너무 행복한데?"

한 10년 만에 만난 엄마와 처음 목욕한 사람처럼 감격해하는 모습에 '혹시 조련당하는 건가?' 의심스럽기도 했지만 어쨌든 나 또한 매우 의미 있고 행복한 순간이었다.

'샤워를 혼자 할 줄 알아야지.', '등에 비누거품이 그대로여도 해봐 버릇해야지.', '도와주다 보면 한도 끝도 없어.', '도와주는 게 애를 망치는 거야.'라는 매우 교육적인 사고방식으로 그동안 씻겨 달라는 아이의 요구를 단호히 거절했다.

오늘 아주 교묘하게 엄마의 감성을 자극하는 멘트로 딸아이는 엄마의 씻겨줌을 얻어냈지만 엄마는 오히려 '그렇게까지 단호할 필요는 없었다.'라는 새로운 자기반성을 했다.

요즘도 먹여주려 하고 입혀주려 하는 조부모님의 어미새 육아법 때문에 중간에 낀 엄마는 어떻게든 아이의 자립을 위하여 더욱더 철저히 '스스로', '혼자서'에 몰두했다. 왜 스스로 할 줄 아는 아이를 자꾸 도와주려 하는지 할머니의 극성이 매우 불편하기도 했다. 그래서 더더욱 식사든 옷 입기든 샤워든 혼자서 스스로 하게 하는데 강박적으로 몰입했던 것 같다.

그 '스스로'의 고비를 넘기고 이제 진짜 당연히 혼자 할 수 있는 나이가 되니 나도, 딸도, 할머니도 마음에 여유가 생겨 오히려 먹여주고 싶기도 하고 씻겨주고 싶기도 한 날이 왔나

보다. 손주들 먹여주고 입혀주고 씻겨주는 즐거움을 조금이라도 더 느끼고 싶은 할머니의 절절함을 헤아리는 딸아이의 착한 심정이 기특하다.

이러다 내일 아침이면 식탁 옆에 서서 지율이의 밥 숟가락에 장조림을 찢어줄 할머니에게 나는 또 "어머님, 지율이가 할 수 있어요!" 하겠지만 어쩌면 저녁에 씻으러 들어가는 지율이에게 "지율아, 엄마가 씻겨줄까?" 할지도 모를 일이다.

작고 포동포동한 아기를 품에 안고 가는 아기 엄마들을 보면 그러면 안되는 줄 알면서도 발가락을 만지고 싶다. 종아리를 앙 베어물고 싶다. 그리고 해봤자 씨알도 안 먹히는 소리를 해대고 싶다.

"이때가 좋은 거야. 이때가 제일 이쁜 거야."

진짜 제일 듣기 싫은 소리 왜 하나 했는데 내가 그럴 판이다. 선율이 그만할 때 내 유일한 소원은 아들이 사춘기가 되어 방에서 안 나오는 것이었다. 잠시라도 떨어져서 '너는 너의 삶을, 나는 나의 삶을 살자!' 하는 게 그 시절 내 삶의 유일한 희망이었다. 그 희망의 날은 생각보다 너무 빨리 왔고 어른들이 입버릇처럼 말하던 대로 '시간은 유수와 같이' 흘러버렸다.

아들은 드디어 방에서 친구들과 톡을 하기 바쁘고 샤워하는 모습은커녕 상반신 탈의하는 모습도 안 보여준다. 아들 사춘기가 오면 온전히 내 삶을 즐길 테다 다짐했건만 막상 그토록 바라던 시기가 오자 툭하면 아들방에 들어가 침대에 누워 아들에게 질문을 해댄다. 집착 쩔고 뒤끝 장난 없는 엄마다.

나에게 남아 있는 한 발의 총알. 아직 엄마한테 안기고 매달리는 딸아이를 간과하고 쏘아버린 총알 아들에게 너무 집착했다. 자라고 들여보내고 긴긴밤 타자를 두드리는 엄마에게 지금까지 지율이는 세 번 와서 뽀뽀를 해주고 "너무 힘들면 그냥 자."라고 위로해주고 "책이 얼마나 두꺼운데 이렇게 오래 쓰는 거야?"라고 질문해주고(원고가 부족해 추가로 쓰는 거란 얘긴 차마 못했다) "힘내! 내가 나한테 남은 힘 십분의 일만 남겨두고 엄마 줄게."라고 분수를 배우는 티도 내주는 내 작고 귀여운 지율이.

너무 소중하다. 너무너무 소중하다. 나의 아이들이 속절없이 자라는 게 아쉽다. '내 새끼 이쁘게 싸놓은 똥이라도 더 찍어놓을걸.' 이토록 사소한 것 하나 아쉽다. 우리 어머님이 아이들에게 늘 하는 말이 있다.

"내가 나이 두 살 먹을 테니 너희들은 나이 안 먹었음 좋겠어."

그 말이 사무치게 실감나는 요즘이다. 지율이를 꼭 껴안으며 "안 크면 안 돼?" 하니 "그래도 커야지~" 한다. "그럼 우리 커서도 사이좋게 지내자? 여행도 자주 가자~!" 하니 "엄마 가방이랑 구두 나 줄 거지?" 한다. 확실히 나를 조련하고 있는 열 살이다.

새로운 자아를 깨우친
'김경아줌마'

| CHAPTER 03 |

그럼에도
불구하고

'마라맛 오미크론'이라고 했던가. 체감상 대한민국 국민의 절반이 코로나에 걸렸을 것 같은 2022년 초반, 나 역시 코로나에 감염됐다. 감사하게도 어머님 댁에서 격리 기간을 보낼 수 있었다. 부모님이 우리 집으로 오셔서 아이들을 봐주고 나는 홀로 시댁에서 나흘의 격리를 시작했다.

물도 마시기 힘든 몸으로 빈집 거실에 누워 약 먹을 때만 잠깐 일어났다. 목이 이러다 찢어지는 거 아닌가 싶을 정도로 따가워서 침을 삼키는 게 두려웠다. 그렇게 혼자서 외로운 투병 생활을 했다. 그럼에도 불구하고 행복했다.

물도 마시기 힘든 몸으로 빈집 거실에 누워 하루 종일 넷플

릭스를 봤다. 혼자 호캉스하는 게 소원이었는데 호텔보다 큰 집에서 3인분으로 소분한 본죽을 먹으며 온종일 티브이를 봤다. 약이 어찌나 독한지, 먹고 나면 수면내시경 하듯 잠이 쏟아졌다. 근데도 잠들기가 싫어 억지로 버티고 버티다 장렬하게 쓰러지듯 잠이 들었다. 얼마나 잤을까 찢어지는 목 통증으로 눈을 뜨면 엉금엉금 기어가 물을 마고 다시 엉금엉금 제자리로 돌아와 티브이를 봤다. 티브이는 계속 켜 있다.

처음으로 한자리에서 시리즈 한 시즌을 정주행했다. 그때 넷플릭스 신작은 〈소년심판〉이라는 드라마였는데 내용의 재미 유무를 떠나 내 인생작이다. 내 인생 최초로 그 자리에서 처음부터 끝까지 완주한 드라마였으니까. 각 잡고 이삼일 동안 시리즈를 정주행했다는 처녀, 총각의 주말이 어떤 애 엄마에겐 로망이라는 것을 그들은 알까.

나의 오미크론은 매우 아팠지만 그럼에도 불구하고 편하게 투병할 수 있어서 감사했다. 나의 이 '몸은 힘든데 마음은 평안한' 상태를 아는지 모르는지, 혼자 있을 마누라가 걱정이었는지 남편은 끼니마다 와서 딱히 도움도 안 되는데 멀뚱멀뚱 앉아 있곤 했다.

그러면 나는 큰일이라도 터지는 양 "얼른 가, 옮으면 어떡해! 가서 애들이랑 있어 얼른~" 하고 펄쩍 뛰고, 당신이 걱정 돼서 그러는 거라는 뉘앙스로 "여기 안 와도 돼. 식구들 걱정 돼서 혼자 격리하는 건데 왜 자꾸 와~"라며 슈렉 고양이 같은 눈으로 이산가족 보내듯 그를 돌려보냈다. 남편은 역병에 걸린 마누라가 홀로 투병하는 게 못내 안쓰러운지 필요한 게 있으면 전화하라 했지만 나는 한사코 괜찮다고 돌려보내는 데 급급했다. 다시 빈집에 혼자가 되면 거실 바닥에 누워 신나게 티브이를 켰다.

엄마가 된 이후 가장 큰 소원은 '원 없이 아파 보기'였다. 아, 정확히 말하면 '아플 때 원 없이 푹 쉬기'이다. 지난 10여 년간 소원이 그것이었다. 엄마는 마음 편히 아플 수도 없다. 하룻밤만 땀 쫙 빼고 끙끙 앓고 나면 개운하게 나을 수 있을 것 같은데 그럴 여력이 없다.

온 가족이 독감에 걸려 몇 날 며칠을 간호하다 기어코 맨 마지막에 엄마가 독감에 걸리고 나면 엄마를 간호할 사람은 없다. 기를 쓰고 죽 먹고 약 먹고 엉덩이주사 맞고 하루 이틀 안으로 나아야 한다. 아프면 나만 손해이기 때문이다.

코로나에 걸려 공교롭게 그 소원을 이룰 기회가 찾아왔다. 나는 '아플 때 원 없이 푹 쉬기' 위해서 혼자만의 시간을 사수

했다. 한시도 놓치고 싶지 않았달까? 나는 나흘간 앓으며 원 없이 푹 쉬어서 꽤 호전된 몸으로 집으로 돌아왔다.

비록 아이들은 새 학기를 맞이하지 못했고 나는 찢어지게 아팠지만 그럼에도 불구하고, 맘 놓고 아플 수 있어서 감사했던 4일. 집으로 돌아오니 그간 미뤄뒀던 걱정들이 쓰나미처럼 밀려왔지만 그럼에도 불구하고, 식구들이 건강하게 있어 줘서 감사했던 4일. ('그럼에도 불구하고'는 '사실은 그러하지만 그것과는 상관없이'라는 관용구라고 한다. 이 얼마나 넉넉하고 품이 넓은 듬직한 용어란 말인가.)

비록 코로나에 걸린 줄 모르고 만났던 동네 지인들이 죄다 옮았는데 쉬쉬했다는 사실을 나중에 알게 되어, 편하게 앓았던 4일이 미안해졌지만 말이다. 속죄하는 마음으로 격리 중인 지인들의 집 앞에 케이크를 놓아주고 배달 어플로 죽을 보내주었다. 그럼에도 불구하고 이토록 나를 아끼는 사람들로 인하여 또다시 감사가 넘쳤나니 이 어찌 아름답지 아니한가.

아줌마의 시선으로 본
러브 액츄얼리

2003년 겨울, 내 나이 스물세 살 회사원이던 시절, 회사 동료들과 〈러브 액츄얼리〉라는 영화를 봤다. 연말에 종종 재개봉을 하는 걸 보면 그때 감동받은 사람이 나뿐만은 아니었나 보다. 인생 영화 하나 추가한 것은 물론이요, '반드시 저런 엄마가 돼야지.'라는 롤모델을 만난 영화이기도 하다.

극 중 두 아이의 엄마 캐런(엠마 톰슨)은 주방에서 요리에 한창인데 마침 전화까지 와서 매우 분주하다. 그 와중에 딸이 엄마에게 신나는 일이 있다며 자랑하자 엄마는 하던 일을 멈추고 아이와 눈을 맞춘다.

"신나는 일이 뭔데?"

"학교 성탄 연극에서 역할을 맡았어요."

엄마 캐런은 깜짝 놀라며 반가워한다. (그 바쁜 와중에 아이의 이야기에 저렇게 감동해주는 엄마라니. 1차 감동이다.) 아이가 뒤이어 계속 자랑한다.

"저는 바닷가재 역이에요."

엄마는 잠시 당황한다. 성탄 연극에서…… 바닷가재? 성탄 연극에서는 모름지기 아기 예수 아니면 마리아 아니면 못해도 동방박사 정도는 해줘야 어디 가서 자랑할 맛 나는 것 아닌가? 엄마는 아기 예수가 태어날 때 바닷가재가 있었냐고 잠시 반문하지만 이내 평정심을 되찾고 자녀를 위하여 최선을 다해 바닷가재 탈을 준비한다.

스물세 살, 결혼에 대해 아무 관심도 지식도 없던 나는 그 장면을 보면서 반드시 저런 엄마가 돼야겠다고 다짐했다. 아이가 학교에서 바닷가재 역할을 맡았다고 하면 묻지도 따지지도 말고 축하해주는 엄마가 되겠노라 다짐했다.

10년이 지나 진짜 엄마가 된 지금, 그 결심을 지키는 게 보통 힘든 일이 아니라는 걸 안다. 선생님께 당장 전화해 "아니 저희 애가 바닷가재라는데 이게 무슨 일이죠, 선생님?"이라고 컴플레인이나 안 걸면 다행인 세상이다.

영화에선 부모로서 받을 수 있는 감동 포인트가 상당히 많은데 리암 니슨이 연기한 다니엘 역도 그렇다. 재혼한 아내가 죽고 아내의 열한 살 된 아들을 새아빠인 본인이 길러야 하는데 아들이 방에만 틀어박혀 나오지 않아 고민이 이만저만이 아니다.

다니엘은 본인이 죽은 엄마의 빈자리를 채우지 못하는 것 같아 자책하지만, 조심스레 아들이 꺼낸 속마음은 전혀 예상 밖이었다. 아들이 우울한 원인은 죽은 엄마가 아니라 '사랑에 빠졌기' 때문이었던 것. 다니엘은 안도의 한숨을 쉬며 다행이라고 하자 아들은 기분 나쁘게 되묻는다.

"사랑에 빠진 것만큼 고통스러운 일이 또 있나요?"

당돌한 아들의 질문에 '정신 차린' 다니엘은 아들의 사랑을 위하여 혼신의 힘을 다한다. 진심으로 고민을 들어주고 미국으로 떠나는 친구에게 늦기 전에 고백하라며 공항까지 라이딩을 해주는 사랑에 진심인 아빠다.

영화를 보면서 나는 서양의 엄마, 아빠들은 다 저렇게 오픈 마인드인가 싶었다. 극 중에서 아들이 조애나(짝사랑 상대)가 학예회에서 노래를 하기로 했으니 자기는 드럼을 치면 되겠다고 하자 아빠는 이렇게 묻는다. (여기서 내 두 번째 감동 포인트가 나온다.)

"매우 좋은 생각이야. 근데 아주 사소하고 별거 아닌 문제가 하나 있는데……. 너 드럼 못 치잖아."

어떻게 이런 리액션을 해줄 수가 있을까. 대한민국 엄마였으면 "말이 되는 소리를 해라. 드럼도 못 치는 게 무슨 공연이냐. 그럴 시간에 공부나 해라." 이렇게 초를 치든가 그게 아니면 "그래? 그럼 지금부터 드럼 속성학원을 알아봐줄 테니 매일 가. 그래야 다른 애들 따라잡지."라며 중간 없이 폭주하든가. 둘 중 하나일 확률 오백 퍼센트다.

난 지금 어떤 엄마로 살고 있을까. 학예회에서 나무 역을 맡은 아이에게 "대사는 있어?", "다른 애들은 뭐 맡았는데?", "너만 나무야?" 이런 질문 대신 "무슨 색 나무야?", "어떤 열매가 열리는 나무야?"라고 묻는 엄마로 살고 있을까?

드럼도 못 치는 아이가 공연을 하겠다고 할 때 그 치명적인 문제를 '사소한 문제'라고 위트 있게 언급할 수 있을까. 유럽 땅은 밟아본 적도 없는 토종 한국인 엄마는 교육열 높은 대한민국에서 〈러브 액츄얼리〉 속 부모가 새삼 판타지 같다는 생각을 한다. 그런 부모가 될 수 없으니 차라리 허구로 만들겠다는 이기심일까. 이 세상에 저런 엄마가 어디 있느냐고 애써

부인하는 김포댁을 보며 과거 스물세 살의 나는 뭐라고 말할 지…….

크리스마스 시즌이 되면 영화 채널에 종종 이 영화가 편성 된다. 인간은 망각의 동물이기도 하지만 반성하고 개선하는 동물이기도 하다. 지금까지 망각하고 저질렀던 일들을 반성 하고 개선해서 캐런처럼, 다니엘처럼 아이를 존재대로 사랑 하는 엄마가 되고자 다시 한번 다짐해본다. 그런 마음가짐이 노력해서 될 일인가 싶지만, 아예 자각조차 안 하는 것보단 낫지 않을까 싶다.

지율이의 꿈은 아이돌이다. '미녀소녀단'이라는 팀명도 지 어났는데 본인이 리더이고 보컬을 맡고 있단다. 노래도 못하 고 춤도 못 추는 아주 사소하고 별거 아닌 문제가 있지만 지 율이에게는 무궁무진한 가능성이 있으니 나는 조금도 입술을 씰룩거리지 않고 "오~ 멋진데?"라고 손뼉을 쳐주었다.

가끔 잊고 있던 사실이 강력하게 상기될 때가 있다. 바로 지금처럼. 나의 자녀는 사랑 그 자체라는 것. 어떤 조건이 붙 을 수 없는 사랑 그대로의 사랑이라는 것. 온통 사랑이다.

러브액츄얼리 올어라운드.

love actually all around

9호선 지옥철에서 만난
분홍 배지 히어로

　당시 13세 아들이 뽀로로 뮤지컬을 봐야겠단다. '취향 존중
존재대로.'가 육아철학인 나는 사춘기 아들의 소망을 들어주
고자 기꺼이 뮤지컬을 예매했다. 오히려 당시 9세 지율이가
"내가 지금 이 나이에 뽀로로를 봐야 해?"라며 오빠 때문에
하는 수 없다는 듯 동행해주었다.

　김포에서 뮤지컬 장소인 삼성동 코엑스까지 가는 길은 만
만치 않다. 굳이 삼성동뿐만 아니라 김포로 이사를 오고 나서
부터 서울 나가는 일은 참으로 거창한 여행길이 되었다. 심지
어 차도 점검에 들어가서 발도 묶였으니 대중교통을 이용해
야 할 판이다. 갈 때는 택시를, 올 때는 지하철을 이용하기로

했다. 워낙에 코엑스는 주차장이 번잡하니 옳은 결정이라고 생각했고 이참에 아이들과 지하철 여행을 하는 것도 나쁘지 않겠다고 생각했다. 몇 시간 후, 이 결정이 얼마나 어리석은 결정이었는지 그때는 알지 못했다.

예약해둔 뮤지컬을 보고 쉑쉑버거라는 '서울음식'을 먹고 대형서점에서 아이들이 스스로 고른 만화책과 엄마가 스스로 고른 수학 문제집을 살 때만 해도 좋았다. 서울은 크고 화려하고 돈 쓰기 좋은 곳이라 좀 더 놀면 탕진하고 체력도 방전되고 참 좋았겠지만, 퇴근 시간 지옥철은 피해야겠다는 마음으로 일찌감치 지하철역으로 발길을 돌렸다. 그 또한 어리석은 결정이었다.

지하철엔 입구부터 사람이 많았다. 봉은사역에서 탈 때부터 간신히 끼어 탄 지하철은 신논현역에선 여기저기에서 "밀지 마세요."라는 소리가 오갈 만큼 인파가 쏟아져 들어왔다.

태어나서 이런 지옥철은 처음이었을 아홉 살 둘째는 감히 떼를 부릴 타이밍이 아니라는 것을 직감하고 그대로 얼어서 새끼 코알라처럼 내 배에 얼굴을 묻고 양팔로 내 허리를 감싸 쥐고 버텼다. 그나마 지율이는 나한테라도 붙어라도 있지 첫째 선율이는 밀려드는 인파에 떠밀려서 저 멀리에 귓불만 살짝 보였다.

지율이를 붙잡고 아들의 귓불을 필사적으로 확인하며 나는 굉장한 전의를 느끼기 시작했다. 둘 다 지켜야 한다!

처음의 계획과는 달리 지하철 여행이 아닌 지하철 전투를 이어가던 중 선정릉에서 가방에 분홍색 배지를 단 임산부가 탔다. 우리는 마침 임산부석 근처에 서 있었는데 임산부석에는 마르고 젊고 예쁜 아가씨가 이미 앉아 있었다. 임산부석이 내 자리가 아님에도 임산부 아닌 사람이 앉아 있으면 괜히 화가 난다. 공중도덕을 지키는 사람이 지키지 않은 사람에게 지고 말았다는 상대적 박탈감이랄까.

그 아가씨는 아무리 봐도 임산부 같지 않았지만 난 속으로 '제발 초기 임산부여라.'라고 괜히 주문을 외우듯 바랐다. 그 아가씨가 임산부가 아니면 이번엔 좀 많이 억울할 것 같았다. 그 자리는 애초에 내 자리가 아니지만 내가 지금 너무 힘든 전투를 이어가고 있어서 짜증을 풀 곳이 필요했는지도 모르겠다.

그런 와중에 진짜 임산부가 탔고 그 여인이 분홍색 배지를 내밀자 젊은 여성은 "후." 하고 한숨을 한번 쉬더니 자리를 양보했다. 그 여인은 그냥…… 젊고 예쁜 아가씨였다. 그 여인은 나에게 잘못한 것은 없지만 살짝 째려봤다. 분홍 좌석은 임신부를 위해 비워둡시다!

암튼 그렇게 한 손으론 지율이를 끌어안고 한 손엔 지율이
가 남긴 초코라떼, 팔뚝엔 네 권의 책이 든 쇼핑백을, 어깨
엔 배낭을 둘러매고 '초코라떼 누가 들고 타래. 옘병, 풀지도
않을 수학 문제집 왜 산 거야.'라며 소리 없는 전쟁을 치를 무
렵 우리에게 작은 기적이 일어났다.

고속터미널역이었다. 혼잡스럽기로는 대한민국 지하철에서
둘째가라면 서러울 그 환승역에서 수많은 인파가 타고 내리는
혼란을 틈타 임산부석의 여인이 지율이의 팔을 낚아챘다.

순식간에 벌어진 일이었다. 임산부 여인은 지율이의 팔을
낚아채 본인 자리에 냅다 앉혀놓고 그 앞을 수문장처럼 가로
막아 섰다. 지율이를 빼앗긴 나는 "괜찮아요~ 괜찮은데."라
고 작게 외쳤지만 때는 이미 늦었다. 이제야 안심이라는 듯
크게 한숨을 쉬며 웃고 있는 지율이의 표정에 나는 딸을 기꺼
이 그녀에게 바쳤다. 둘은 금세 2인 1조가 되어 지율이는 여
인의 가방을 받아 안았고 여인은 누구보다도 우직한 모습으
로 지율이를 온몸으로 막아주었다.

나는 순간 안도와 감사의 눈물이 터져 나오려는 것을 꾹 참
고 '에라 모르겠다.' 싶어 내 아들한테 가서 손깍지를 끼고 밀

고 빠지는 사람들 틈을 비집고 다시 원래 자리로 복귀했다. 감히 흥남부두의 인파 속에 있는 것처럼 나는 절실했고 그 순간만큼은 재난영화의 한 장면처럼 빠르고 민첩했으며 그 모든 작전은 나의 수호신, 분홍 배지의 여인이 있었기에 가능했다. 그 순간만큼은 맥아더 장군보다 위대한 분홍 배지 히어로의 선율, 지율 상륙작전이었다.

그러고도 한참을 만차로 가는 길에 나는 사람들 틈바구니에서 이리 밀리고 저리 밀리며 이번에는 언뜻언뜻 보이는 지율이의 빨간 구두로 안전을 확인했다. 나의 수호신의 다리 사이로 땅에 닿지 않은 빨간 구두가 대롱대롱 흔들렸다. (역시 아이들은 튀는 옷을 입혀야 한다.)

어느 역이었던가. 다행히 분홍 배지의 여인도 지율이의 옆자리에 앉을 수 있었다. 그 와중에도 선율이에게 '앉을래?'라는 눈빛을 보냈지만 선율이는 기겁하며 괜찮다고 손사래를 쳤다. 여인은 우리가 내리는 김포공항 종점까지 같이 갔고 내 감사 인사를 쿨하게 받아주고 공항철도를 향해 성큼성큼 걸어갔다. 나는 그 늠름한 뒷모습을 지금도 잊을 수가 없다.

분홍 배지의 여인이여, 믿어 의심치 말지어다. 당신은 최고의 엄마가 될 것입니다.

나는 그날 이름 모를 그녀의 뒷모습을 보며 진심으로 축복했다. 그 여인 덕분에 그날의 서울 나들이가 고생길이 아닌 값진 경험으로 남을 수 있었다. 지금쯤은 순산했겠지? 진심으로 축복하고 축복합니다.

끈질기고 소심한
복수에는 최강자

몇 년 전의 일이다. 집에 가는 길에 김밥 한 줄 사서 들어가야겠다 싶어 김밥집에 들렀다. 당시 오픈한 지 몇 개월 안 된 곳이었는데 동네 엄마들 사이에서 소문이 썩 좋지는 않은 데다 김밥을 일부러 사 먹는 취향이 아니라 한 번도 가보질 못했다. 그런데 그날은 왜인지 김밥 한 줄로 식사를 때우고 싶어서 처음으로 들러보았다.

참치김밥 한 줄을 주문하고 기다리는데 식당에 다른 손님이 있는 것도 아닌데도 김밥이 좀체 나오질 않았다. 주방을 기웃기웃 들여다보니 열심히 김밥을 말고는 있어서 금방 나오겠거니 하고 기다렸다. 15분이 지나도 내 김밥이 나오질 않았다. 이거는 진짜 이상하다.

주방으로 가서 "참치김밥 주문 들어갔지요?" 하고 물어봤다. 식당 사장님이자 주방장이신 여사님은 "싸고 있어요~"라고 얼굴 한번 돌아보지 않고 대답했다. 손놀림이 매우 분주한 것도 아니다.

30분이 지났다. 이거는 진짜 너무하다. 집에 가서 김밥을 말아 먹고도 남을 시간이지 않은가. 내 참치김밥 한 줄을 기다리며 가게에는 몇몇 손님이 와서 포장 주문을 받아 갔다. 내가 주문하기 전에 미리 주문 넣은 이들이 받아 가는 모양인데…… 그렇다면 도대체 내 차례는 언제 오냐냔 말이다.

45분째다. 그냥 갈까? 화가 머리끝까지 치밀어 오르는데 가게로 어떤 남자분이 들어왔다.

"김밥 40줄 주문했는데요."

"네. 나왔습니다."

그리고 그 남자분은 김밥 40줄을 받아서 양손 무겁게 들고 가게를 나섰다. 그리고 그 남자분이 나가자마자 1분도 채 안 돼 사장님은 "참치김밥 한 줄 포장 나왔습니다." 했다.

아……. 이거는 진짜 너무했다. 내가 김밥집 사장이라면 40줄 싸는 중에 내 김밥 하나 먼저 싸서 보내주겠다. '주문 들어온 순서대로'가 중요한 경영철학이라면 단체주문이 밀려서 금방 못 드린다고 양해라도 구하겠다. 동네 엄마들의 소문이 안 좋았던 이유는 '본인 김밥에 대한 프라이드가 너무 세서 먹는 내내 자랑을 한다.'였는데 이런 식이면 금으로 밥을 말았다 해도 사절이다.

그런데 중요한 것은 이 억울하고 화나는 마음이 집에 와서 분출된다는 것이다. 거기서 화를 내봤자 김밥 내팽개치고 나올 것도 아니고 컴플레인을 건들 김밥 한 줄 공짜로 얻어먹는 거 외에 무슨 보상을 받을 수 있었을까 싶다. 하여 뾰로통한 입으로 카드를 내밀고 불완전한 딕션으로 "은능히 게세여.(안녕히 계세요)" 하고 최대한 대충 인사하고 나왔다. 그것이 내가 할 수 있는 최선이자 유일한 복수였다. 그리고 집으로 오는 길에 화라는 것이 폭발해서 밥 먹을 기분이 쏙 달아났다. 충청도가 고향도 아닌데 왜 이렇게 한 박자씩 늦게 감정이 터지는지 모르겠다.

그 이후로 지금까지 나는 그 김밥집을 단 한 번도 가질 않았다. 몇 개월마다 가게가 접고 차려지기를 반복하는 가겟세 비싼 우리 동네에서 몇 년째 한결같이 영업하시는 걸 보니 맛도 서비스도 나름 개선한 모양인데 나는 여전히 복수 중이다.

문득 아주 오래전에 들었던 이야기가 생각난다. '신고은'이라는 개그우먼 선배가 홍대에서 택시를 탔는데 목적지가 가까워 택시 기사님이 안 간다며 내리라고 하더란다. 이유 없는 승차 거부는 할 수 없음에도 당당한 기사님의 태도에 고은 선배는 화를 주체할 수 없었다고 한다. 고은 선배는 차에서 내리면서 당당하게 "이거! 승차 거부라고 생각할 겁니다!"라고 외쳤……으면 좋겠다고 생각만 했단다. 끼리끼리 논다고 우린 늘 이런 식이다. 미국 가 있는 고은 선배 보고 싶네.

우리 동네에 드디어 어린이 치과가 생겨 구세주라도 만난 듯 한동안 잘 다녔다. 약간 기계적이긴 하지만 친절하신 선생님과 진짜 친절하신 간호사 선생님들도 좋았다. 그러나 아이들의 치과에 대한 공포심은 선생님의 친절 유무와는 상관없다.

특히 지율이는 어렸을 때부터 치과를 무서워했다. 집에선 잘 보여주지 않는 게임 유튜브도 틀어주고 웃음 가스라고 하는 추가 마취도 진행하고 치료 잘 받으면 장난감도 사주겠다고 백지수표도 내밀어보지만 지율이는 일단 울고 시작한다. 어쨌거나 그래도 치료를 안 할 수 없기에 누워서 마취 주사 맞는 것까진 성공하는데 막상 치료를 시작하면 지율이는 울면서 입 벌리기를 거부한다. 이미 마취 주사도 맞았기에 여기서 치료를 멈출 수는 없다.

선생님이 AI 같은 친절함으로 "아프지 않아요. 그냥 바람이에요. 지금 아픈 거 하나도 하지 않았어요."라고 설득해보지만 쉽지 않다. 치료라는 것을 시작도 안 했는데 왼손을 들고 아프다고 난리다. 화살은 보호자인 나에게 쏠린다.

"어머님, 6개월 만에 충치가 생겨서 오시면 도와드리기가 쉽지 않아요. 3개월 주기로 오셔야 해요. 오늘 치료하시겠어요?"

오늘 치료하시겠어요……? 이미 마취도 다 했는데 이게 무슨 질문이지?

"아이와 이야기해보실 동안 다른 아이 치료하고 올게요."

선생님은 옆방으로 가셨다. 나의 화살은 지율이게로 쏠린다.

"지율아, 마취까지 다 했는데 오늘 치료 못 하면 그냥 생고 생하고 끝나는 거야. 그냥 하자."

지율이는 나라 잃은 표정으로 눈물을 주룩주룩 흘린다. 이런저런 사정을 봐줄 형편이 아니다. 잠시 후, 다시 선생님이 오고 친절하게 말씀하신다.

"물이에요. 아프지 않아요. 아~ 해볼게요."

지율이는 개미 똥구멍만큼만 아를 하고 선생님이 억지로 입을 벌려 입술 베개라는 기구를 끼우자 아프다고 벌써 난리다. 친절한 선생님은 "아! 아! 아!" 하며 치료를 어떻게든 해보려고 하시다 다시 엄마에게 화살을 돌린다.

"오늘은 치료 못 하겠네요. 나가서 이야기해보고 다시 예약 잡으시겠어요."

그러고 다른 치료실로 가버렸다. 그렇게 허무하게 치과를 나온 나는 선생님 시간을 뺏었다는 죄책감과 지율이에 대한 원망으로 지율이를 뒤에 세우고 앞서 걸었다. 감정이 엉망이라 울 일도 아닌데 눈물이 날 것 같았다.

지율이는 이제 와서 "미안해." 하며 엄마 뒤를 졸졸 쫓아왔지만 나는 온 세상의 퉁명함을 다 끌어모아 "늦었어." 하며 지율이가 쫓아오기 버거운 속도로 걸었다. 그러다 갑자기 멈춰섰다. 그러고는 뒤돌아 병원 건물을 올려다보며 항변했다.

"아니 이렇게 오시면 어쩌냐니. 충치가 있으니 병원에 가지 그럼 어떻게 가요."

그렇게 걷다가 다시 뒤돌아서 또 떠들었다.

"치과가 무서우니 어린이 치과를 가는 거 아닌가요? 좀 전에 애한테 소리 지른 거 본인 치료 시간 늘어나서 감정적으로 환자 대하신 거죠?"

지율이는 엄마가 누구한테 얘기하나 싶어 엄마를 봤다가

하늘을 봤다가 한다. 나는 쏟아지는 억울함으로 계속 떠들었지만, 상황은 이미 끝났다. 나는 이미 진상 환자의 보호자로 90도로 죄송하다고 사과를 하고 죄인처럼 나와버렸기 때문이다. 그렇게까지 굽신거리며 사죄를 할 일인가. 지율이만큼 오열하는 어린이는 수도 없이 많을 텐데 마취까지 했는데 치료를 마쳐 달라고 요구했어야 하지 않았을까.

그날 저녁, 괜히 마취만 하고 치료도 못 한 지율이를 안아주며 나는 조용한 복수를 계획했다. 그 이후로 나는 바로 집 앞의 어린이 치과를 가지 않고 처녀 때부터 가던 1시간 거리의 어른 치과를 간다.

어른 치과 선생님은 쿨하게 "웃음 가스 같은 거 여긴 없다."라며 그냥 아~ 하라고 하더니 마취 주사 안 맞아도 될 것 같다며 입 쩍 벌려서 1분 만에 충치 두 개를 찾아냈다. 오며 가며 왕복 두 시간이 더 걸리는 복수지만 내 복수는 성공이다. 나 아주 무시무시한 사람이다.

새 브라자를
차고

때로는 백마디 위로의 말보다 찰나의 선한 눈빛이 더 큰 위안이 되기도 한다. 나는 그것을 홈플러스에서 브라자를 사다 경험했다. (원래는 브래지어가 맞는 표현이지만 브래지어를 브래지어라고 하는 사람은 거의 없으니 그냥 브라자로 하기로 한다.)

개인적으로 홈플러스에서 파는 14,600원짜리 브라자가 나의 바디에 딱인데 지금까지 4~5년간 브라자를 도통 사지를 못, 안, 못, 안 샀다.

처녀 땐 위, 아래 세트가 아니면 슈퍼도 가지 않던 '김경아 가씨'였는데 언제부터였는지 색깔별로 위에는 서너 개로, 밑에는 순면팬티 일곱 장으로 돌려 입는 '김경아줌마'가 되었다.

그나마 있던 서너 개의 브라자도 너덜너덜해진 지 오래라 오랜만에 홈플러스 간 김에 브라자 두 개를 카트에 담았다.

코로나 이후로 마트보다는 마켓컬리, 로켓후레쉬, 비마트를 주로 이용했던지라 오랜만에 카트 끌고 찬찬히 장 보는 재미가 쏠쏠했다. 잔뜩 담은 생필품 위에 검정 브라, 베이지 브라 두 개를 곱게 얹어 계산대로 갔는데 평일 낮인데도 줄이 길다. 대부분이 어르신들이다. 아직 인터넷보다는 마트가 편하시겠지.

셀프 계산대는 한가하지만 나 역시 키오스크가 반갑지 않은 기성세대라 어르신들 틈에서 차례를 기다렸다. 드디어 내 차례가 임박했다. 그래도 이 줄 안에선 내가 제일 젊은이라 계산대에 물건 올리는 것만큼은 빠릿빠릿해야지 싶어 잽싸게 물건을 올리는데 브라자에 달린 도난방지 태그가 말썽이었다. 자석에 닿으면 맥주병 따듯 똑 떨어져야 하는데 아무리 찍어도 도통 말을 듣지 않는다.

직원분이 나의 브라자를 이리저리 흔들며 방지 태그를 떼시느라 애쓰는데 줄 서 계시던 할머니, 할아버지들이 나의 브라자 떼는 과정을 빤~히 지켜보신다. 브라자 끈이 공중에 나부낀다. 태생이 누군가에게 피해 주는 걸 못 견뎌 하는 성격이라 나는 그냥 '안 살게요!'라고 외치고 도망가고 싶었다.

이런 내 성격은 운전할 때도 반영된다. 아무리 위급상황이어도 칼치기 끼어들기, 직전까지 가서 급하게 좌회전 신호 받기 이런 거 진짜 진짜 못하는 성격이다. 운전실력이 부족하다느니 강단이 부족해서라느니 하는 핀잔을 주는 동승자에게 "그냥 내려!"라고 할지언정 나로 인해 한사람이라도 피해를 보는 거 진짜 견딜 수가 없다.

2분 전 혼자 젊다고 세상 빠릿빠릿하게 물건 올려놓고 카드도 미리 꺼내놓으며 바지런을 떨 때는 언제고 젊은 양반 때문에 계산이 이리도 지체되다니, 이건 도저히 용납이 안 되는 대역죄인 것이다. 도의적 사과라도 드려야겠다 싶어서 뒷줄에 계신 어르신들께 몸을 돌린 순간 나는 사과 대신에 어이없게 웃음이 피식 새어 나왔다. 쯧쯧쯧 혀를 차고도 남을 그 순간에 어르신들은 나의 브라자를 좇아 동공 운동을 하고 계셨는데 그 눈빛은 '불만'보다는 '흥미'에 가까웠기 때문이다.

기왕이면 더 영한 디자인을 고를걸 그랬나. 순간 후회가 되기도 하면서 너무 커도 민망했을 테고 너무 작아도 부끄러웠을 텐데 나름 평범한 사이즈라 다행이라며 실없는 생각도 했다.

"떼느라 뗐는데 한번 확인해보시겠어요?"

떼면 뗀 거지 굳이 확인까지 해야 하나 싶지만 나는 말을 잘 듣는 수동적인 인간이라 베이지색 하나를 휘~ 흔들어보고 검은색 하나를 휘~ 흔들어보고 주물러보고 뒤집어보며 방지 태그가 잘 떼어졌음을 확인했다. 물론 그때마다 어르신들을 불빛을 쫓는 고양이들처럼 고개를 왔다 갔다 하셨음이다.

다시 빠릿빠릿한 젊은 처자로 돌아와 잽싸게 물건을 담고 계산을 마치고 적립은 괜찮다고 사양 후 쿨하게 돌아섰다. 그러는 내 심정은 창피함과 무덤덤함이 반반이었다. 창피함은 민폐 끼치기 싫은 내 성격 탓이고 무덤덤함은 즐기며(?) 기다려준 어르신들 덕분이었다. "그거 계산 1~2분 지체된다고 세상이 무너지는것도 아니고 브라자를 무사히 샀음 잘된 거지, 뭐."라고 넘겨버릴 수 있던 것은 어르신들의 흥미로운 눈빛을 보고 '빨리 계산대에서 빠져 줘야 하는데.'라는 조바심을 내려놓을 수 있었기 때문이다.

재빨리 무빙워크에 올랐다. 아무도 신경 안 쓰는 나만 아는 쪽팔림이 상당했지만 어쨌든 나의 현란한 브라자 쇼핑은 그렇게 잘 마무리되었다.

그나저나 이게 얼마 만의 브라자 쇼핑이던가. 이 녀석들은 또 얼마나 나의 바스트를 위해 오래 섬겨줄 것인가. 어디서

보니 속옷의 수명은 6개월이라 그 이후로는 새로 사야 한다고 하는데 6개월은 무슨 6년도 끄떡없다. 지금 쓰는 브라자 중 하나는 옆구리 부분이 매시 소재인데 닳고 닳아 구멍이 뚫려 가뜩이나 통풍이 잘되는데 이젠 통풍(通風)이 잘되는 것을 넘어 통풍(痛風)을 느낄 정도이다.

생각해보면 내 바스트가 이렇게 하찮은 대접을 받을 만한 친구가 아닌데 언제부턴가 두세 개로 돌려 막아가며 그냥저냥 세월을 보내게 했다. 왜 아무도 임신하면 가슴이 호박처럼 커졌다가 모유 수유가 끝나면 바람 빠진 풍선처럼 쪼그라든다고 얘길 해주질 않는지. 가뜩이나 저출산이 문제인데 그것마저 폭로하면 아예 영 출산이 돼버릴까 다들 쉬쉬했던 것일까.

뭐 이미 어쩔 수 없는 모성애가 폭발해버린 후라 다시 돌아간다 해도 임신과 출산을 반복하겠지만 한때는 젊음의 상징, 자신감의 원천이었던 그것이 자신의 임무를 수행한 후 장렬히 전사한 것 같은 느낌을 받을 때마다 어쩔 수 없는 허탈함이 드는 것도 사실이다.

나를 처녀 때부터 알던 사람은 알 것이다. 위아래 세트가 맞지 않으면 외출을 하지 않았고 혼자 자취를 하면서도 실크 비비안 잠옷을 입고 크리스탈 와인잔에 모스까도다스띠를 따라 먹었다. 그 누구보다도 나 자신을 사랑했던 사람이었다.

개그우먼 김민경이 당시의 나에게 이런 얘기를 해준 적이
있다.

"예쁜 잠옷을 입어야 남자한테 사랑받는대."

민경이는 '민경장군'이라는 별명이랑은 다르게 정말 솜사탕
같은 여인이다. 민경이의 그 말에 나는 난생처음 비비안에서
연분홍 실크 잠옷을 샀고 그 잠옷은 아직도 내 서랍에서 때를
기다리고 있다. 결혼을 하고 실크 잠옷보다는 작년 여름에 입
었던 흰 티에 남편의 트렁크 팬티와 한 몸으로 사니 늙어 죽
도록 실크 잠옷은 때를 만나지 못할 수도 있을 듯하다.

찢어지게 가난한 것도 아닌데 왜 브라자를 안 사는가. 아니
브라자 사는 돈이 왜 그렇게 아까운가. 스스로 용도를 다한
신체 기관이라고 생각해서일까. 둘째의 모유수유가 끝나고
장렬히 전사……한 듯한 외관의 그것을 그 어떤 실크나 꽃자
수로도 포장하고 싶지 않아서 '지키지 못할 바엔 포기하겠어.'
의 몸부림일까.

그 어떤 대답도 죄다 허탈하고 짠하기만 할 무렵, 홈플러
스의 브라자 쇼핑은 꽤나 큰 힐링 모먼트가 되어주었다. 비록
14,600원짜리 검은색 브라, 베이지색 브라 하나씩이지만 새

속옷을 착용하니 맞춤 정장이라도 입은 것처럼 기분이 산뜻하다.

앞으로도 나의 겸손해진 친구들을 위해 2만 원 이상의 소비는 하지 않을 계획이지만 적어도 찢어진 옷으로는 보호하지 말아야지. 실크로도 치장해보고 꽃자수로도 치장해봤으니 심플한 14,600원짜리도 충분하지 친구야? 앞으로 그냥 그 자리에서 나쁜 세포들 품지 않고 건강히만 잘 있어주렴.

아직도 예쁜 브래지어를 색깔별로 예쁘게 입고 있는 많은 여성에게는 공감이 안 될 수도 있다. 굳이 남편과의 관계를 떠나 나 자신의 자존감을 위해서라도 속옷은 예쁜 걸 입고 싶다는 의견에도 적극 찬성이다. 다만 나는 그렇게 살았다. 새삼 지난날이 허탈해 조금 반성했다. 앞으로는 브래지어가 됐든, 책이 됐든, 액세서리가 됐든 '나'의 기분전환이 될 수 있는 무언가가 있다면 기꺼이 지갑을 열고 싶다.

문득 크리스마스 선물로 남편에게 사각 프라이팬을 요구한 내 '물욕'이 귀엽다. 받고 나니 사각 프라이팬 위에 작은 사각형 가방이나 아님 사각 상자에 든 작고 반짝이는 어떤 것이나 그도 저도 아니면 신사임당이 그려진 노란 사각 종이라도 들어 있었으면 어땠을까 싶기도 하지만 AI 남편에게 거기까지 지시를 안 내린 나를 탓해야지 별수 있나.

그래. 오늘은 새 브라자를 착용하고 기가 막힌 달걀말이를 부쳐 먹자. 오늘도 이렇게 티끌 같은 행복이 쌓여 간다.

겪어봐야만 알 수 있는
마음이 있더라

나는 동료들 중에서 결혼도 1등으로 하고 아이도 1등으로 낳았다. 그래서 우리 아들은 내 주변 모든 삼촌, 이모의 축복 속에서 행복한 영유아 시절을 보냈다. 하지만 나는 감사한 마음 한편으로 쓸쓸했다. 모두가 내가 너무 행복하기만 하다고 여기는 것 같아 되레 외로웠다.

선율이를 낳고 7개월 무렵 〈개그 콘서트〉에 복귀했을 때의 일이다. 당시 시어머님은 암투병 중이었고 엄마는 일을 나가서서 아이 맡길 곳이 없던 나는 급하게 베이비시터를 구했다. 오전에 시터님이 오기 전까지 육아하다가 시터님이 출근하면 부랴부랴 바통 터치하고 집을 나섰다. 베이비시터의 도움을 받는다지만, 육아를 병행하며 개콘 회의를 하고 녹화하며 정신없이 살다 보니 감정적으로 신체적으로 소비만 되고 충족이 되질 못했다.

어느 날, 리허설이 일찍 끝나 오후 3시에 퇴근을 할 수 있었는데 어디 가서 1시간만 푹 자다 집에 가고 싶었다. "아, 어디 가서 좀 자면 좋겠는데." 하니 후배들은 '그걸 왜 고민하지?'라는 눈빛으로 "집에 가서 주무세요." 했다.

그들에겐 그것이 너무 당연했다. '집이 있는데 왜 다른 데 가서 잠을 자고 싶다 하지?' 의아해하는 얼굴이었다. 집에 가면 다시 육아출근을 해야 한다는 걸 온전히 인식시켜줄 자신이 없었다. 나는 구구절절이 설명하는 대신 살짝 웃는 것으로 대화를 마쳤다.

그리고 그날 나는 아파트 지하 주차장에서 30분 정도 자다가 집으로 올라갔다. 세상에서 가장 꿀 같은 안식처는 주차장에 세워진 나의 차 안이었다. 그 이후로 기술의 너무 세심한 발달로 차가 주차장에 들어서면 '차량이 진입하였습니다.'라고 거실 월패드로 방송이 나와서 그것마저 쉽지 않은 일이 되었지만.

그로부터 6년 후, 둘째를 낳고 다시 개콘에 복귀했는데 코너 반응도 좋고 방송 외에 공연도 왕성하게 하던 때라 나는 명실공히 성공한 워킹맘의 삶을 살고 있었다. 또한 아이를 낳고 개콘에 복귀한 최초의 개그우먼으로서 앞으로 후배들에게 길을 열어주겠노라는 사명감도 있었다.

그날도 지방공연을 마치자마자 비행기를 타고 서울로 올라와 부랴부랴 방송국으로 향하던 길이었다. 방송국에 차를 주차하고 헐레벌떡 회의실로 뛰어가는데 선율이 유치원 담임선생님으로부터 전화가 왔다. 우리 선율이에 관한 칭찬을 엄청 해주던 분이라 선생님과의 통화는 늘 즐거웠다.

"네 선생님~" 반가움을 담은 나의 목소리가 무색하게 그날의 통화는 눈물로 끝이 났다. 선율이가 언제부턴가 소극적으로 변하고 있다는 이야기, 친구들과 잘 어울리지 못한다는 이야기, 그림과 글씨가 너무 작아지고 있어 걱정이라는 이야기. 그리고 선생님은 조심스럽게 덧붙였다.

"아, 그리고 어머님. 이건 큰일은 아닌데요, 선율이 도시락 설거지가 안 되어 있더라고요."

아뿔싸. 그날은 월요일이었다. 금요일에 받아 온 도시락통을 주말 내내 열어보지도 않다가 월요일에 그대로 보내고 말았다. 그래 놓고 나 같은 여자도 엄마라고 새벽부터 지방공연에 개콘 녹화에 자부심에 쩔어 있었다니. 모든 것이 부질없고 부끄럽고 의미를 잃었다.

대역죄인이 되어 통화를 마친 나는 개콘 회의실로 올라가는 계단참에 잠시 앉아서 울다 올라갔다. 기분 좋게 회의를 할 자신이 없었다. 최대한 평온한 척했지만 눈치 빠른 후배가 "선배님 무슨 걱정 있으세요? 표정이 안 좋으세요."라며 걱정을 보태주었다. 그러자 나는 맥없이 풀어져 "나, 선율이 도시락통 설거지 안 했대~" 하고 머리를 박고 울었다.

그러나 느낌이라는 것이 참 무서운 게, 좌절감에 울면서도 묘한 분위기가 고스란히 느껴졌다. 아, 아무도 이해를 못 하는구나. 이게 왜 머리를 박고 울 일인지 이 미혼 남녀는 조금도 이해를 못 하는구나. 그 와중에 유난히 살뜰한 후배는 내 등을 쓸어주며 "괜찮아요, 선배. 선율이 밥 잘 먹었을 거예요."라며 포인트를 잘못 잡은 위로를 열심히 건네주었다.

2024년 3월 초, 뭐든 서툴렀던 초보 엄마는 제법 능숙해진 선배 엄마가 됐다. 무릇 엄마들에게 3월은 진정한 새해가 시작되는 정초나 다름없다. 입학하거나 학년이 바뀌어 새로운 반에서 새로운 선생님과 새로운 친구들과 적응하는 3월, 엄마들도 같이 적응하느라 애를 쓴다.

나 또한 큰 아이가 중학교 입학을 해서 신경이 많이 쓰이긴 했지만 6년 전 초등학교 입학했을 때에 비하면 일상이 흔들리는 대혼돈까진 아니다. 선율이 처음 초등학교를 보냈을 때는 '이게 뭐지?', '이거 맞아?' 하는 폭풍 혼란의 시기였다.

방금 등교를 한 것 같은데 바로 하교를 하는 '찍고 턴'이 한 달 동안 이어졌다. 차라리 방학이면 아침에 늘어지기라도 하지 아침부터 밤까지 정신없는 텐션이었다. 그 와중에 일도 병행하느라 그야말로 미치고 팔짝 뛸 노릇이었다.

그런 기억이 고스란히 남아 있는데 벌써 애가 중학교 입학이라니 격세지감을 느끼는 와중에 주변에 유난히 초등학교를 입학시킨 엄마가 많다. 그런 엄마들의 '현타' 어린 푸념이 귀엽기도 하고 안쓰럽기도 해서 선배맘으로서 웃으라고 영상 하나를 찍어 인스타에 업로드했는데 반응이 가히 폭발적이다. 돌아서면 댓글이 100개씩 달리고 주변에 공유가 되어 순식간에 700만 뷰를 돌파했다.

내용은 별거 아니다. 여러분은 이제 개인 시간이 없고 놀이터에 죽순이가 되어 저녁까지 집에 못 들어간다는 나름 조언 영상인데 이렇게까지 좋아해주다니⋯⋯. 사나흘 어안이 벙벙했다.

〈투맘쇼〉를 같이 하는 승희는 공연 전에 엄마들의 흥을 끌어내는 행사도 진행하는데 인기가 아주 좋다. 행사 중간 건네는 멘트에 엄마들은 자지러지게 웃는다. 나는 처음에 '어느 포인트에서 웃긴 거지?' 했는데 지나고 보니 그건 그냥 '공감'이었다.

"애 낳은 지 얼마 안 되셨어요? 뿌염이 많이 자랐어요."

"목이 쉬었네요. 아들 엄마세요?"

이런 아이 엄마만이 알 수 있는 공감대를 건드렸다는 것만으로도 엄마들은 갈증이 해소되고 '내 편'을 얻는다. 나 꾸밀 줄만 알았던 아가씨에서 몇 날 며칠 씻지도 못하고 육아를 해야 하는 그야말로 우주가 바뀌는 이 경험을 아무도 알아주지 않는다. 그 공허함 가운데 어느 누가 그 감정의 핀셋을 살짝만 건드려줘도 엄마들은 맹목적으로 열광한다.

'애 키우기 힘들지.'라는 단순한 문장만으로는 도저히 설명이 안 되는 시기가 있다. 아이는 분명히 나에게 축복이자 행복이지만 그래서 더더욱 힘들다고 말할 수 없다. 자녀를 부정하는 것 같아 입 밖에 낼 수 없는 거다. 그런 시기를 겪은 선배가, 그 힘들고 고됨을 알아주는 것만으로도 엄마들은 깊은 위로를 받는다.

엄마들의 고민과 애환은 진정 아이를 낳아본 사람만이 느낄 수 있는 것일까. 엄마들이 브런치를 즐기고 육아 퇴근 후 맥주 한잔을 하는 그런 공감대를 두고 혹자는 "개편한 세상." "꿀빠는 인생."이라고 모욕적인 비난을 남긴다. 그런 악의적인 댓글을 볼 때마다 묻고 싶다. 엄마는 오로지 밥해서 먹이고 등원시키면 집 치우고 장 보기만 해야 하냐고. 엄마들끼리 커피 마시는 쓸데없는 짓 하지 말고 가정 안에서만 온전한 행복을 찾아야 인정을 받는 것이냐고. 답답하고 화도 났지만 싸워봤자 득이 될 게 없기에 그냥 넘겼다.

엄마라는 존재는 매우 순수하게 맹목적이다. 겪어본바, 그 어떤 직업보다 '빡센' 일과를 보내지만 인정을 못 받는다. '엄마니까', '당연히', '지 자식 지가 키워야지'라는 프레임 안에 이 뼈 빠지는 중노동을 인정받지 못한다.

티가 나지 않는 일일수록 알아봐주는 안목이 필요하다. 하루 종일 아이를 보느라 밥도 제대로 못먹은 아내에게 남편이 퇴근해서 하는 첫마디가 "집안 꼴이 이게 뭐야. 청소 좀 하지."라고 한다면 그 가정의 행복이 유지될 수 있을까. 단언컨대 말 한마디라도 "고생했겠다. 밥은 먹었어?"라고만 해준다면 아내들의 응어리는 눈 녹듯 사라질 것이다.

온 세상이 마음을 읽어주라고 난리다. 아이들의 마음을 너무 읽어줘서 금쪽이가 속출하고 MZ들의 트렌드를 알아주느라 잔소리 한 번을 못 한다. 우리 엄마들의 마음은 언제쯤 누가 알아주려나. 우리끼리 서로 알아주는 것도 못마땅해 '희희덕거리는 시간 낭비'라는 세상 속에서 누구 좋으라고 출산을 하라는 건지. 외롭다. 외로워.

여배우의
수분크림

새해가 밝았다. 올해도 어김없이 예쁜 다이어리를 샀고 송구영신 때 뽑은 말씀카드를 앞장에 꽂았다. 그리고 지켜지지 않을 새해 버킷리스트를 적어 내려간다. 그러다 작년에 쓴 목표 중 이룬 것이 몇 개나 될까 궁금해 작년 다이어리 맨 앞장을 펼쳐보았다.

총 아홉 개의 목표를 설정해두었다. 보통은 열 개를 채우기 마련인데. 역시 작년의 나도 '조금 모자라지만 그냥 그대로 사는' 사람이었다.

올해 목표!

1. 매일 일기쓰기 - 실패

2. 매일 QT하기 - 실패

3. 매일 독서하기 - 실패

4. 매일 7천보 걷기 - 실패. 이쯤 되니 알겠다. '매일'이 문제다 매일이. 올해는 매일이라는 전제를 빼고 일주일에 3일 이상이라고 정정하기로 한다.

5. 복근 만들기 - 대실패.

6. 하와이 가서 비키니 입기 - 우주최강슈퍼울트라 대실패. 이런 걸 목표라고 적었다니. 하긴 작년 초반에는 필라테스를 하고 있었다. 심지어 몸매를 가꾸기 위한 운동도 아니고 굽은 어깨 교정이랑 틀어진 골반 교정이 목적이었다.

7. 매일 영어공부 하기 - 그놈의 매일! 매일우유는 맛있기라도 하지. 당연히 실패!

8. 디즈니랜드 가기 - 성공. 이 성공은 철저히 선율이를 위한 성공이니 이루지 않을 수 없는 목표였다. 무슨 수를 써서라도 '올해 안에 디즈니랜드 가기'로 아들과 약속했다. 목표는 LA 소재의 디즈니랜드였지만 도쿄 소재의 디즈니랜드에 간 것만으로도 위대한 성공이라 자부한다.

9. 한국사능력검정시험 1급 따기 - 성공.

일곱 개의 목표가 실패였고 성공은 두 개였다. 특히 '한국 사능력검정시험 1급 따기'는 자의로 이룩한 성공이다. 비록 하나의 성공이지만 그 목표가 꽤나 보람되고 그럴싸해서 모든 실패를 상쇄할 만큼 뿌듯하다.

작년에 쓴 '올해의 목표'를 들여다보고 있다 보니 문득 버킷리스트에 대한 심오한 질문을 하게 된다. 버킷리스트는 'kick the bucket'에서 유래된 말로 자살할 때 목에 밧줄을 감고 양동이를 차버리는 행위에서 유래되었다고 한다. 그야말로 죽기 전에 하고 싶은 일을 리스트로 적어 이걸 하지 않고서는 죽을 수가 없을 정도로 아까운 소망이라고 한다.

그 정도로 절절한 삶의 목표라면 과연 뭐가 있을까. 죽기 전에 이루고 싶은 소망이라······. 문득 떠오르는 소망들이 몇 개 있는데 하나같이 너무 허영덩어리라 입 밖에 꺼내지도 않았는데 볼이 화끈거린다.

허영, 허세로 버무려진 나의 첫 번째 버킷리스트는 바로 '해외여행 갈 때 비즈니스석 타고 수분크림 한 통 다 바르기'이다. 비웃음을 받을까 싶어 꺼내기 주저되지만 내 생애 마지막 이를 못 이루면 "으······. 비즈니스석에서 수분크림 한 통 다 써보고 죽었어야 했, 는, 데. 꼴까닥." 이럴 것 같으니 분명

버킷리스트가 맞는다.

이런 허영과 허세를 넘어 허망하기까지 한 버킷리스트가 생긴 데에는 내 동기 박나래의 영향이 지대했다. 때는 2023년 4월 내 생일날이었다. 나래가 카카오톡 선물하기로 크림 하나를 보내줬는데 딱 봐도 처음 보는 브랜드였다. 그리고 날아든 나래의 메시지는 내 버킷리스트와 맞아떨어지며 가슴속에 푹 꽂혔다.

"이게 여배우가 비행기 탈 때 한통을 다 쓰는 수분크림이래."

어머! 그 소문이 사실이었구나. 비행기 안이 건조하니 하늘에 떠 있는 동안 크림 한통을 다 쓴다더니. 어머어머! 그게 진짜였구나. 어쩐지 뚜껑부터 촉촉하더라니. 잘 키운 동기 하나 열 자식 안 부럽다고 살면서 이런 고급 크림도 다 써보고. 입이 귀에 걸려 내려오질 않는다.

아이들과 피지오겔 하나로 머리부터 발끝까지 통을 치던 나는 심지어 악건성임에도 불구하고 그 크림을 13시간 만에 다 쓰기는커녕 아끼고 아껴 자기 전에만 쬐끔 바르느라 수분이 충전되는 효과는 전혀 보지 못했지만, 암튼 나는 톱스타 누구랑 같은 화장품을 쓰는 여자 연예인이다.

그때부터였다. 비싼 보습크림을 들고 비행기를 타서 도착

할 때까지 그 수분크림을 다 써보는 게 버킷리스트가 된 것이 말이다. 카드 적립금을 마일리지로 쌓고 있으니 차곡차곡 돈 쓰다 보면 언젠가는 이룰 수 있는 버킷리스트가 아닐까 싶다. 정작 어느 나라로 갈지, 가서 뭐 할지는 안물 안궁이다. 공항에서 다시 돌아와도 좋을 나의 버킷리스트이니 죄 없는 자만 돌로 치시길.

어쨌든 새해는 밝았고 올해도 새로운 목표들을 설정해야 노력이라는 것을 해볼 테니 기왕이면 작년에 쓴 목표를 조정하고 몇 개를 더해 열 개를 채워봐야겠다.

올해 목표!

1. 매일 일기쓰기 – 틈틈이 일기쓰기로 정정

2. 매일 QT하기 – 성경1독하기 작정했으니 도전해보기로 한다.

3. 매일 독서하기 – 일단 그대로 시도해보자.

4. 매일 7천보 걷기 – 5천보 걷기로 하향 조정

5. 복근 만들기 – 스트레칭하기로 맞춤 설정

6. 하와이 가서 비키니 입기 – 꾸준한 운동으로 수정.

7. 매일 영어공부 하기 – 틈틈이 하기

8. 책 출간하기 – 계약서 도장 찍었으니 실패하면 위약금 발생이다.

9. 엄마, 어머님 모시고 아울렛 가서 골프웨어 사드리기 - 파크골프 치는데도 골프웨어 입으신단다.

10. 동네 아이들한테 한국사 무료강의 - 돈을 주면서 애들을 모아야 하나.

목표를 10개 다 채우니 작년보단 꼼꼼해진 것 같아 뿌듯하다. 됐어. 이 정도로 정하고 살아보지, 뭐.

응답하라
김포

볕이 좋다. 곧 꽃이 필 것 같다. 꽃나무 가지에 봉오리가 맺힌다. 덩달아 봄 타는 내 마음도 파도가 일렁인다. 그렇다고 대단한 무언가를 계획하지도 않는다. 그럴 처지도 형편도 아니지만 어제와 똑같은 일상을 보내기엔 볕이 너무 좋다. 곧 꽃이 필 것처럼 꽃나무에 봉오리가 맺히고 있단 말이다.

인스타 스토리를 본다. 동네 친한언니 한 명이 브런치 사진을 올렸다. 냉큼 디엠을 보낸다.

어딘데 어딘데에~ 나는? 나는?

애정 결핍이라도 걸린 양 물고 늘어지는 동네 동생의 집착에 동네 언니는 당장 약속을 잡아준다. 다음 주 목요일 우린 브런치를 가기로 했다.

큰아이 4살 때 김포로 이사를 왔으니 횟수로 10년 차다. 그때 친해진 엄마들의 인연이 오늘까지 이어졌으니 혹자는 엄마들의 우정 부질없다 하지만 이쯤 되면 찐친 아니겠는가. 생각해보면 이토록 나의 '쌩얼'을 적나라하게 보여준 사람도 없다. 해가 쨍쨍한 대낮에, 캡모자 하나에 의지한 채로 기미와 주근깨와 여드름 자국을 여실 없이 공개하며 놀이터를 배회하다 해질녘에나 헤어질 수 있는 '동네엄마'라는 인연. 어느 하나 기억에 남는 문장 없이 세네 시간을 주구장창 떠드는 마법 같은 존재들.

세상 제일 쓸데없는 모임이 엄마들 모임이라고 비난하는 말들도 있지만, 그말에 반대의견을 피력하기보단 조용한 무시를 택하겠다. 어차피 겪어보지 않으면 1%도 이해 못 하는 것이 애 키우는 재미 또는 고충이기 때문이다.

큰아이를 중심으로 참 많은 인연들이 지나갔다. 유치원 때 친해진 엄마가 지금까지 친구인 인연도 있지만, 이런저런 이유로 손절을 경험하기도 했다. 학창시절에도 겪어보지 못한 이간질의 중심에도 서보고 뒷담의 주인공도 돼보았다. 육아라는 공감대를 나누는 사이가 어찌나 재미가 있는지 하루가 멀다 하고 몰려다니니 별일을 다 겪었다. 우리 모임을 보고 남편이 "얼마나 가나 보자." 비아냥거리며 경고할 때만 해도 우리는 결단코 해체할 일이 없을 거다 자신했는데 역시 과함은 모자람만 못한 것 같다.

그렇게 인생의 큰 교훈을 얻었으나 그럼에도 불구하고 잃은 것보단 얻은 것이 더 많은 엄마들의 관계였다. 한창 바쁘던 워킹맘 시절, 유치원 하원버스에 할아버지가 안 나와 계시면 기꺼이 남의 자식까지 받아서 아이스크림 하나 물려가며 여유 있게 봐주시던 동네 언니. 어찌 은인이 아닐 수 있으랴.

새벽 출근하는 날, 학교를 잘 갔는지 어쨌는지 남편은 잘 보냈다고만 하는데 뭐가 그리 못 미더운지 내내 불안하던 차에 시간차로 울려대는 카톡 알람. 곳곳에서 찍어보내는 동네 파파라치맘들의 등교샷이다.

오늘 일찍 출근했나 봐?

아이의 등원 비주얼만 봐도 집에 엄마가 있는지 없는지 알아채는 탐정들의 섬세함. 그 비루한 행색이라도 아이의 아침 등교를 확인할 수 있어 감사했던 나날.

"얼마나 가나 보자."라고 엄마들의 모임을 하찮게 여겼던 남편은 얼마 안 가 아빠들과 모임을 결성했고 그 이름을 아파트 이름을 딴 '오스타의 아빠들'이라 지었다. 줄여서 '오빠'라나 뭐라나. 같잖아서 원.

2년만 살아보자며 반신반의로 왔던 낯선 동네 김포. 터를 잡고 산 지 어느덧 10년이 넘었다. 그사이에 지하철도 생겼고 나름 연예인이라고 홍보대사도 해봤다. 앞으로 더 좋아질 일만 남았다.

추석 다음 날, 명절증후군을 극복하기 위하여 동네엄마들이랑 동네 호프집을 갔는데 우리 동네에 이렇게 젊은이들이 많았나 깜짝 놀랐다. 모든 테이블에 홍대에서나 볼 법한 MZ들이 바글바글대서 순간 여기가 김포야 서울이야 어리둥절하다 이내 깨달았다.

아, 애들이 명절이라고 고향에서 친구들 만났구나. 이 동네 꼬맹이들이 평소엔 서울에서 놀다가 명절이라고 동네친구들이랑 술 마시는구나. 내가 사는 곳이 우리 아이들의 고향이 되겠구나.

어느새 중학생이 된 우리 아들의 시간은 앞으로 더 빠르게 흘러갈 텐데 스무 살 되고 군대 가는 것도 순간이겠구나. 내가 곧 요 녀석들에게 술 한잔 받을 날도 온다 이거지? 축하해 줄 일 있을 때 고급넥타이, 고급지갑 사줄 수 있는 근사한 어른이 되고 싶다고 순간 가슴 뛰는 상상을 했다.

응답하라 김포. 동네가 키웠으니 훌륭하게 자라야 한다.

분홍색 좌석
앞에서

김포공항에서 선정릉 방향으로 가는 9호선 급행열차에 올랐다. 9호선 급행을 타본 사람은 알 것이다. 정차하는 모든 역이 유동인구가 많은 환승역이라 첫판에 자리에 앉지 못하면 웬만해선 끝까지 서서 가야 하는 것이 암묵적인 룰이다. 김포공항이 첫 출발역이라 타이밍만 잘 맞추면 앉아서 갈 확률이 높지만, 그날은 뒤늦게 줄을 선 탓에 자리를 잡지 못한다.

그러고 보면 나는 아줌마 경력 15년 구력인데도 그 옛날 우리네 엄마들이 시전하던 가방 던지기 스킬을 구사해본 적이 없다. 물건값을 깎아본 적도 없고 가격흥정은 고사하고 환불도 잘 못 한다. 하기야 요즘 가방 던지며 엉덩이를 들이밀었다가는 당장 SNS 핫이슈에 오를 판이니 주책도 시절이 좋아야 낭만이다.

어쨌든 젊어 보이려 갖은 애를 쓰며 살지만 관절 쑤심은 어쩔 수 없는 사십 대 중반이라 최대한 우아하게 매의 눈으로 자리를 살피는 수밖에 없다. 희망을 놓지 말자. 당산에서 혹은 여의도께에서 내릴 법한 사람 앞에 자리를 잡고 섰다. 딱히 어떻게 생겼다고는 말 못 하지만 느낌상 곧 내릴 것 같은 사람이 있지 않은가.

그렇게 소리 없는 눈치 전쟁을 펼치는 가운데 다다음역 즈음에서 네다섯 살쯤 돼 보이는 꼬마와 엄마가 내 옆에 섰다. 아니, 내 옆에 서버렸다. 나는 속으로 '망했네.' 했다. 행여 자리가 나더라도 요 아들 녀석에게 양보해야겠기에 앉아서 가긴 틀렸다고 생각했다.

그러나 나의 어쩔 수 없는 양보심을 발휘할 기회는 끝까지 오지 않았다. 고르고 고른 내 앞의 승객들은 내가 내릴 때까지 어쩜 단 한 명도 내리는 사람이 없었고 내 옆의 모자도 꼼짝없이 내내 서서 가야 했다. 엄마는 가방에서 곤충도감을 꺼내 본인을 기둥 삼아 아이를 앞에 세우고 양손으로 책을 펼쳐 보여주었고 양다리는 쩍 벌려 중심을 잡느라 애를 썼다. 그렇게 내가 내리는 선정릉까지 그 모자도 같이 갔고 공교롭게 그들도 선정릉역에서 내렸다.

내 다리 아픈 건 잠시 잊고 '꼬맹이가 앉아 왔으면 좋았을 텐데.' 싶어 내내 맘이 쓰였다. 그렇다고 자리 양보 안 했다고 원망하는 건 아니었다. 누구나 바쁘고 고되었으니 어쩔 수 없는 일이고, '곧 내릴 것 같은 사람'을 잘못 찍었다 여길 뿐이다. 다만 같은 엄마로서 꼬맹이와 엄마를 속으로 위로하며 발길을 돌렸다.

그런데 환승 통로에서 그 모자를 다시 만났다. 엄마는 아이를 업고 뚜벅뚜벅 걷고 있었다. 명랑하게 쿨하게 씩씩하게 지하철에서 이런저런 이야기를 들려주던 엄마는 속으로는 아이가 언제 징징댈까 엄청 전전긍긍했으리라. 끝까지 잘 서서 와준 아들이 기특해 자진해서 업어주었을 확률이 크다. 크로스백을 둘러매고 아이를 들쳐 업고 뚜벅뚜벅 걷는 엄마의 표정에서 '졌지만 잘 싸웠다.' 싶은 군인의 표정이 읽힌 것은 고 또래의 아이를 키우는 엄마 전우만이 느끼는 동지애가 아니었을까. 부디 그 엄마가 아이 재우다 잠들지 않고 거실로 나와서 맥주 한 캔 따며 오늘 하루를 승리로 마감했으면 한다.

그날 나는 오랜만에 얻은 자유부인 찬스로 친구들을 만나

수다 파티를 벌이고 집에 갔는데 둘째가 열이 나서 밤샘 보초를 섰다. 그 엄마는 졌지만 잘 싸웠고 나는 잘 놀았지만 대패했다.

남이 남편이 되니
남과 가족이 되었네

| CHAPTER 04 |

자다가도
떡이 생기는 것을

캠핑장에서 설거지를 하다 본의 아니게 다른 부부의 대화를 엿듣게 되었다. 개수대에서 설거지를 하는데 옆에서 설거지 중인 남자에게로 다가간 여자가 냄비를 더 얹어주며 말을 걸었다.

"카페 가서 커피 사올게. 뭐 마실래?"

"어?"

남자는 뭘 마실지 바로 대답을 못 한다. 엿듣고 있던 나는 속으로 '아메리카노'라고 대답했다. 아니나 달라 여자가 기다리지 못하고 답을 내렸다.

"그냥 아메리카노 마셔."

"어."

"아이스? 핫?"

남자는 또 고민했다. 나는 '이 겨울에 아이스를 마시진 않겠지?' 했지만 그는 "아이스."라고 답했다.

'그냥 뜨거운거 먹지.' 하고 내가 속으로 별의별 참견을 다 하는데, 여자는 이미 나와 영혼을 공유한 사이인 듯 "이 겨울에 무슨 아이스야. 그냥 뜨거운거 마셔."라고 정의를 내리곤 남자의 대답을 듣지 아니하고 사라졌다. 여자가 사라지고 수세미질을 하며 남자가 조용히 읊조렸다.

"왜 물어본 거야?"

'뜨거운 아메리카노'라고 대답할 줄 알고 물어봤겠죠. 속으로 대신 대답해주며 남은 그릇을 씻는데 웃음이 새어 나왔다. 절반은 그 남편이 가여워서 웃었고 절반은 그 아내에게 공감해서 웃었다.

커피야 개인 취향이니 남편이 억울할 만도 하다. 괜히 '얼죽아'라는 줄임말이 있는 게 아니듯이 한겨울에도 아이스 아메리카노 먹을 수 있지. 이번 건은 남편의 억울한 면이 없지 않아 있지만, 그의 아내가 저렇게 '답정녀'의 태도가 된 것은 하루아침의 일은 아니지 싶다. 그동안 부부로 지내온 세월 동

안 켜켜이 축적된 남편의 우유부단함과 결정장애의 결과물이
아니었을까.

철저히 내 주관으로 미루어 짐작컨대 대부분의 부부 문제
는 웬만해선 아내가 옳다. 오죽하면 아내 말을 들으면 자다가
도 떡이 나온다고 하지 않겠는가. 나같이 덜렁대고 칠푼이 팔
푼이 짓을 하는 아내라도 대부분 내가 옳다.

남편이 때아닌 만보걷기병이 도졌을 때의 일이다. 남편은
매일 저녁, 걷기 운동을 하겠다고 나섰다. 며칠 열심히 해서
그러려니 했는데 한 날은 추적추적 비가 내려 산책을 말렸다.
정확히는 산책을 말렸다기보다는 산책의 차림을 말렸다고 봐
야겠지.

조깅이나 등산이 아닌 그냥 산보 수준의 워킹이라 보통 남
편은 반팔, 반바지에 크록스를 신고 나갔다. 그런데 그날은
비가 왔고, 나는 양말에 운동화를 신든가 크록스를 신더라도
양말을 신으라고 잔소리를 했다. 남편은 그게 무슨 말도 안
되는 소리냐며 비가 오니 더더욱 맨발에 크록스를 신어야 한
다고 우겼다.

나는 한겨울에 반팔을 입겠다는 사춘기 아들 뜯어말리듯
"너 백 퍼센트 후회한다. 내 말 듣고 양말 신어. 물 닿으면 불

어서 발등 다 까진다고!"라며 으름장을 놓았지만 안동 권씨 외동아들은 고집이 대단했다.

그렇게 나간 아들, 아니 남편은 1시간가량 후에 한쪽 다리를 질질 끌며 패잔병의 모습으로 귀가했다. 크록스에 발등이 까져 발갛게 드러난 속살 주변으로 핏물이 맺혔다.

"내가 뭐라 했냐. 내 말 안 듣더니 꼴좋다."라고 놀려대는 내게 누가 봐도 징그러운 곰발을 내밀며 징징거리는 남편을 본 순간 나는 깨달았다. 그래, 바짓가랑이를 붙잡아서라도 뜯어말렸어야 했다.

다치면 지가 고생이지 싶어 그냥 보냈는데 결국은 내가 고생이다. 발등에 분명히 손이 닿는데도 내게 소독약 발라 달라 밴드 붙여 달라 하겠지. 무슨 골절환자라도 된 양 쓰레기 하나 버리러 못 나간다 하겠지. 저걸 죽여 살려 후회가 막심이다.

아내 말을 안 들어서 본인도 고생이고, 아내는 더 고생을 시키는 일은 살면서 수도 없이 많다. 꽘씩이나 가서 마트에서 파는 김밥을 그것도 새벽에 꾸역꾸역 먹더라니 제대로 배탈이 나서 5박 6일 중 4박 5일을 앓아누웠던 일이 제일 먼저 떠오른다. 그때 분명 내가 먹지 말라고 했다.

또 영하 10도로 기온이 떨어진 어느 겨울날, 기어코 손세차를 하러 가서는 그 길로 몸살감기에 걸려 한달을 꼬빡 앓았던 일도 떠오른다. 이런 날 세차하면 개고생이라고 내가 하지 말라고 했냐 안 했냐.

그렇게 기어이 일을 저지르고 본인만 고생하고 끝이면 모르겠는데 그 뒤처리는 '아내'라는 십자가를 진 나의 몫으로 돌아온다. 이래서 결혼은 최후의 사역지라고 하는구나 싶다. 태초에 하나님은 아담의 갈빗대로 하와를 만드셨다는데 그래서 그럴까 남편이라는 존재는 딱 갈빗대 하나만큼 모자란 행동을 쉴 새 없이 한다.

나의 남편은 게임을 실컷 하는 간 큰 남자다. 나는 남편의 게임방을 좀처럼 들어가질 않는데 지율이는 아빠가 적을 무찌르는 행위가 제법 스릴 있는지 종종 들어가서 구경한다. 그러고는 가끔 나에게 아빠가 게임 속에서 어떤 역할인지 흉내를 내주는데 흉내의 8할은 책상 밑에 들어가 숨어 있거나 웬 벽에 가서 어깨를 대고 걷는 척을 하다 끝난다.

나 연애할 때부터 지금까지 근 20년을 게임을 하게 냅뒀는데 게임 속 역할이 숨어 있거나 헛걸음이라니…… . 갈빗대를 얼마만큼 큰 걸 빼신 거예요, 주님.

우리 시댁은 장 보기를 아버님이 주로 담당하시는데 어머님이 쪽지에 대파, 무, 애호박, 다시다 등등을 적어주시면 아버님이 자전거로 그날 제일 싼 마트를 찾아 장을 봐오시는 시스템이다. 어머님은 그냥 제일 가까운 마트로 가라고 하시는데 한 푼을 아끼는 데 영혼을 바치는 아버님은 한 곳에서 대파를 사고 또 두 정거장 떨어진 마트에 가서 애호박을 사며 근 두 시간에 걸쳐 장을 봐오신다. 문제는 그 대단한 정성의 결과물이 썩 좋지 않다는 것이다.

아버님이 보람찬 표정으로 장바구니를 들고 들어오고 장바구니를 확인한 어머님의 평가는 대부분 "어휴, 속 터져. 이걸 무라고 사오나?", "아니, 60년을 장을 봤으면서 채소 고르는 눈이 그렇게 없나?", "아니, 이게 쪽파지 대파야?" 거의 이런 식이다.

어느 날은 알타리를 한 자루 사오셔서 "싸서 사왔다."라고 하시는데 소파에 누워 계시다가 졸지에 알타리를 자루째 받아 든 어머님이 "이걸 어쩌라고." 하시는데 나는 어머님의 눈에서 욕을 봤다. 분명 눈빛이 아니라 욕빛이었다.

아내의 다소 강압적인 화법을 탓하는 남편이 있다면, 그러기 전에 본인의 행동에 일말의 잘못한 점은 없나 돌아보라고 강권하고 싶다. 조용히 아내 말을 들으면 정말 단언컨대 중간은 간다.

영하 15도 한파에 아들이 맨발로 학원에 간다고 나갔다. 하……. 이쯤 되면 남편이고 아들이고 다 리셋하고 내 갈빗대라고 빼서 도로 꽂아주고 나는 흙으로 돌아가는 게 낫겠다. 그게 안 되면 차은우의 갈빗대로 들어가서 다시 태어나든가. 차은우는 차은우다.

막걸리나
한잔하게

그날도 역시 인덕션을 풀가동해 아침 준비를 하고 있었다. 요리를 못하는 사람이 요리에 최선을 다하면 주방이 난장판이 된다. 어쨌거나 '애들 아침은 먹여 보내야 한다.' 주의라 달 갈말이를 하고 떡국을 끓이고 불고기를 볶는데 남편이 부스스 일어나 "굿모닝." 했다.

나도 그냥 '굿모닝~' 답하고 웃는 얼굴로 '아침 준비 도와줘.' 하면 됐을 텐데 조용히 짜증이 난다. 조용히 짜증이 난다는 것은 '어떤 확실한 계기 없이 스멀스멀 그러나 매우 확고하게 기분 나쁜 감정이 올라오는 것'을 말한다. 그런 조용한 짜증은 주로 남편을 상대할 때 나타나는데 남편의 죄목은 '아무

것도 하지 않은 죄'다.

'아니 나만 용써서 낳은 새끼들인가 왜 지는 개운하게 자고 나만 이 고생이지?' 그런 부당한 억울함이 마음을 지배하면 그때부터 이미 전쟁은 시작된 거다. 물론 남편은 이런 전쟁의 서막을 전혀 눈치채지 못했다.

권재관은 왜 나보다 요리를 잘하면서 주방의 주도권을 갖지 않는가. 대단한 요리를 그렇게 많이 하면서 왜 아직도 들기름이 어디 있는지 모르는가. 나는 지금까지 그 어떤 요리에도 깨를 뿌려본 적이 없건만 왜 항상 나한테서 깨를 찾는가.

그런 하나하나의 부당함들이 바쁜 아침 나를 잠식해 나를 조용한 짜증에 휩싸이게 한다. 꾹꾹 눌러 담긴 부정적인 감정은 확 터뜨리든가 스르르 사그라지든가 둘 중 하나다. 사실 남편이 식탁에 와서 수저를 세팅한다든가 국에 간을 봐준다든가 하는 아무것도 아닌 선의를 베푼다면 순식간에 사라질 전의이다.

터질지 사그라질지 아직 노선이 정해지지 않은 조용한 짜증을 품은 채 등원 전쟁을 이어갔다. '등원전쟁'이라는 말은 결코 과장이 아니다. 전쟁이라는 잔혹한 단어에 비유할 만큼 정신 없고 주방은 폭탄 맞은 것처럼 뒤집어지며 빗발치는 미사일을 피하듯 이리저리 바삐 움직이는 전쟁 같은 30분이 분명히 있다. 매일 치르는데도 매번 격정적인 것이 '등원전쟁'이다.

밥을 푸고 물을 뜨고 수저를 세팅하고 반찬을 접시에 옮겨 담는 행위가 끝나는 동안 애석하게도 남편은 소파에서 티브이를 보고 있다. 이러면 진짜 전쟁 시작인데……. 눈치가 없는 건가? 레이저를 쏘아대는데도 꿈쩍을 안 한다. 티브이를 보던 남편은 '아무것도 하지 않은 죄'에 이어 '해맑은 죄'까지 얹어 나의 속을 뒤집었다.

"한소희가 누구야?"

오냐. 한소희를 마지막으로 눈에 담고 이승을 떠나고 싶은 게로구나. 나는 일절 대답을 하지 않고 텀블러에 물을 담고 애들 안경을 닦아놓으며 지율이 가방에서 필통을 점검했다. 전쟁은 애꿎은 아이들에게 선전포고를 하며 예열을 했다.

"권선율! 숟가락 네가 놓고 권지율! 물 안 떠?"

기분이 태도가 되어서는 안 된다는 명언에 정확히 반대되는 행동이다. 어쨌든 본인이 먹을 거 본인이 해야 하니 교육의 일환이었다고 당당히 주장해본다. 나의 앙칼진 부름에 남편도 귀가 조금은 열렸는지 식탁으로 와 앉았다.

나는 이쯤에서 이 세상 모든 남편들에게 읍소하고 싶다. 아내가 기분이 안 좋은 것 같으면 조용히 설거지나 도와주든지 그 밖에 다른 할 일을 찾기를. 괜히 기분 달래주겠다고 다정하게 질문을 하는 방법을 택하지 마시길. 남편은 불행히도 후자를 택했다.

"여보는 오늘 뭐 해?"

궁금하지도 않으면서 내 기분 떠보겠다고 아무 질문이나 해보는 그의 의중을 정확히 간파한 나는 아무 말도 하고 싶지 않았지만 또 대답을 안 하면 무시한다고 할 게 뻔하기 때문에 조금 마를 뜨다 "라디오."라고 대답했다.

"어디 라디오?"

차라리 한소희 질문이나 더 하면 좋겠다. 지금 불고기를 볶고 떡국에 달걀물 풀고 정신없는 거 안 보이냐.

"김현철 선배님 거."

"어디 방송국이야?"

이쯤 되면 남편도 내 말투의 뉘앙스를 느꼈을 텐데 끈질기게 질문을 하는거 보면 이 사람도 오기였다. 어디까지 퉁명하게 대답하나 남편도 자기 나름의 전쟁을 준비하는 모양이었다.

"……MBC겠지!"

나는 나오지 않는 대답을 억지로 밀어내듯 '궁금하지도 않

은 걸 왜 물어. 그럴 시간에 밥이나 퍼!'라는 뉘앙스로 꽥 대답
했다.

내가 그렇게 대답하면 안 됐는데 내 실수였다. 남편에 대한
예의도 예의지만 그렇게 퉁명하게 대답함으로써 남편에게 화
낼 명분을 준 것이 잘못이란 얘기다. 나의 감정을 모르는 남편
은 순식간에 공격당한 피해자가 되어 상황이 역전되게 생겼
다. 아니나 달라, 남편이 전쟁에 응하며 대포 한 발을 날렸다.

"MBC겠지? MBC겠지? 야, 내가 너 라디오 하는 방송국을
다 알아?"

이렇게 가시 돋친 말 한마디에 전쟁이 시작되었다. 거기서
라도 내가 감정을 조절하고 '아니, 나 너무 바쁜데 오빠가 티
브이만 보고 있으니 화가 나서 말이 헛나왔어. 미안해 내 실
수야.'라고 사과를 하고 오해를 풀었으면 좋았을까? 하지만
지금 다시 돌아간다 해도 나는 그러지 않았을 것이다.

생각보다 성질머리가 더러운 나는 해명도 아닌 분노도 아
닌 "고기나 볶아."라는 전혀 말도 안 되는 대답으로 응수했다.
내가 너무 말도 안 되는 지시를 내리니 그는 자기도 모르게
순간 주방으로 넘어와 고기를 볶았다. 그러다 갑자기 정신이
들었는지 젓가락을 내팽개치더니 "에이씨!" 하고 방으로 들어

가버렸다. 완연한 전쟁이다.

하지만 아직 아이들이 등교 전이다. 아이들 밥을 먹이고 과일까지 제공하고 등교하려는 아이들을 잠시 현관에 세워두고 방에 들어가 남편에게 복화술로 말했다.

"애들 그. 느아서 인스해(애들 가 나와서 인사해)."

비록 고기는 안 볶았지만 아이들에게 다정한 아빠이고 싶은 그는 현관에 나와 "잘 다녀와, 얘들아."라며 한껏 포옹을 해주고 배웅을 했다. 그러고 보면 우린 완벽한 배우다.

아이들이 평화롭게 등교를 하고 우리는 각자 방으로 들어갔다. 방으로 돌아와 한동안은 씩씩거리며 울분을 토하다 또 한동안은 '나의 잘못은 무엇인가' 곱씹어봤다가 '나는 왜 유독 남편에게만 핏대를 세우는가' 돌이켜봤다.

사람들이 나를 향한 대부분의 평가는 '상냥함'이다. 상냥하고 친절한 경아 씨. 그런데 왜 유독 내 안의 사악함은 남편을 상태할 때만 발견되는가. 이것은 나의 잘못인가 그의 잘못인가.

내 삶의 모토는 '좋은 게 좋은 거지.'이다. 그냥 내가 좀 손해 보더라도 대세에 지장 없으면 '좋은 게 좋은 거지.' 하고 두루뭉술하게 넘어가는 삶. 그게 지금까지 나의 삶의 처세술이랄까 방향성이었다.

결혼생활은 결코 내 모토대로 되지가 않는다. 두루뭉술하게 넘어가기엔 내가 너무 손해를 보는 듯한 억울함을 지울 수가 없다. 나는 돈도 벌고 애도 키운다. 남편은 돈만 번다. (많이 버는 것도 아니다.)

나는 몇 주 전부터 남편과 미리 상의하고 그날은 애들 봐야 한다고 신신당부하며 간신히 밤마실을 나가는데 남편은 당일에도 번개로 불쑥불쑥 외출한다. 나는 전날 늦게 퇴근해도 다음 날 무조건 애들 등교를 챙기기 위하여 일어나는데 남편은 늦게 퇴근하면 오전 내내 잔다.

그런 부당함들을 일일이 털어놓기도 구차하고 바로 고쳐질 것도 아니라 내 안에 오랜 기간 켜켜이 쌓아 결혼생활의 불만으로 자리 잡았다. 그렇다고 이런 날 폭포수같이 쏟아내기엔 어디서부터 시작해야 할지 몰라 그냥 냉전으로 상황을 유지하곤 한다.

그럼에도 불구하고 냉전이 끝나고 평화를 찾는 건, 지지고 볶다가도 같이 살 수 있는 이유는 공교롭게도 남편 덕분이다. 내 마음을 털어놓을 기회를 놓치고 이미 그날 아침 왜 싸웠는지, 과연 싸우기는 했는지 원인은 없고 부정적인 감정만 남은 채 사나흘이 지났을 무렵 남편이 안방 문을 똑똑 노크했다.

그러면 나는 '뭔데?' 하는 눈빛으로 문을 열고 멀뚱히 서 있는 남편을 바라봤다.

"막걸리나 한잔하게."

이렇게 대충 화를 풀고 싶지는 않다. 술에 환장한 사람도 아니고 '오호~' 하고 달려가 막걸리를 꿀꺽 꿀꺽 먹고 싶지는 않단 말이다. 그러나 여기서도 꼬장을 부리고 꼿꼿하게 있기에는 나 역시 좀이 쑤시고 왠지 나만 쪼잔해지는 것 같아 쭈뼛쭈뼛 거실로 나가 앉았다.

"해창막걸리. 18도. 15만 원."

얼마 전 내가 지나가는 말로 신세계 정용진 회장이 먹는 막걸리라고 맛이 궁금하다고 했던 프리미엄 막걸리다. 이제 막 말을 배운 아이처럼 또박또박 내뱉은 그 말이 '화 풀자. 이제. 그만.'이라고 들린 것은 기분 탓일까.

그날 남편 권재관과 아내 김경아는 한마디도 안 하고 서로 따라주고 건배하고 마시기만을 반복했다. 막걸리 한 통을 다 비우고 나서야 그날의 오해를 풀고 화해를 했다. 물론 먼저 사과를 한 것은 또 남편이다. 나는 생각보다 말주변이 없는 사람일 수도 있다.

아빠의
고구마

친정 아빠가 장모님 댁 즉, 나의 외할머니 밭을 조금 빌려 고구마 농사를 지으셨는데 생각보다 수확이 잘되었는지 한 상자 보내주겠다고 톡을 보내셨다. 뜨거운 여름 볕이 가시질 않았던 9월 초였기에 "더운데 고생이 많으시다."라며 걱정하는 말 한마디 보탠 딸은 이내 "이쁜 거로 골라서 보내줘."라고 철없는 본론을 던졌다.

며칠 후 집으로 배송된 고구마 상자를 열어보고 철없는 딸은 코끝이 찡해져 아빠의 유산이라도 받은 양 고구마를 하염없이 쓰다듬었다. 상자 안에는 최고급 유기농마트에서도 보기 힘든 탐스럽고 통통한 고구마들이 풀이라도 붙여놓은 듯 정갈하게 담겨 있었다. 잔뿌리를 다 제거하고 정말 곱디고운 굵은 똥 같은 것들만 골라 차곡차곡 담았을 일흔세 살 농부 지망생의 사랑이 고스란히 느껴졌다. 감격한 나는 그것들이 생명체라도 되는 양 사랑스러운 눈길로 안아주었다.

또한 꿈 많은 농부 지망생 옆에서 "나는 농사가 싫다." 혹은 "무릎 쑤셔 죽겠는데 이게 무슨 고생인지 모르겠다."라며 하루 종일 욕을 할지언정 새벽부터 쭈그리고 앉아 고구마를 캤을 엄마의 환장할 만한 한나절이 그려졌다. 두 분을 떠올리며 이 고구마는 끝까지 야무지게 먹어야겠다고 다짐했다.

맛이 없어도 꾸역꾸역 다 먹었을 고구마가 심지어 꿀이라도 심어놓은 듯 달고 맛있어 지인과 나눠 먹으면서 어찌나 뿌듯했는지 모른다. 한평생 공무원으로 근면성실의 표본으로 사시다 정년퇴직 후 파마도 해보셨다가 개량한복도 입어보셨다가 자전거도 타셨다가 고구마 농사도 지어보는데 어쩜 그리 하는 족족 잘 어울리고 멋들어지게 해내시는지. 평범함 속의 근사함을 물려준 우리 아빠 정말 최고다.

그리고 그런 아빠와 하나부터 열까지 맞는 게 하나도 없는데 40여 년간 지지고 볶고 잘 살고 있는 엄마에게도 동일한 존경을 표한다. 서른에 결혼을 했으니 그때까지 엄마, 아빠

슬하에 살면서 내가 부모님께 배운 결혼관은 '막장 전에 스톱'
이다. 저럴 거면 이혼하지 싶게 싸우다가도 다음 날 저녁이면
거실에 신문지 깔고 삼겹살을 굽는 모습을 보며 나는 어린 나
이부터 '결혼은 요지경'이라는 진리를 깨우친 게 아닌가 싶다.

어린 시절, 유독 생생히 기억하는 아침이 있다. 아침부터
전화벨이 요란하게 울려 그 소리에 잠이 깼다. 전화를 받은
엄마는 아주 가라앉고 섬뜩한 톤의 목소리로 "여보세요." 했
고 전화 건 사람의 목소리를 확인한 엄마는 "됐어. 들어올 생
각도 하지 마. 내가 왜. 됐어. 끊어." 등등의 매몰찬 대답만 늘
어놓고 전화를 끊었다.

나는 당시에 그것이 무슨 내용인지 알지 못했지만 잠결이
었음에도 엄마의 목소리가 무서워서 우리 집에 큰일이 났나
싶어 두려웠다. 그러나 이윽고 엄마는 어딘가에 전화를 걸었
고 그 소리에 나는 안심하고 다시 잠이 들었다. 엄마는 세상
상냥한 목소리로 말했다.

"안녕하세요~ 여기 김창길 씨 집인데요~ 남편이 몸이 많
이 안 좋아서 병원에 갔어요. 금방 출근할 거예요."

자세한 통화 내용은 기억이 안 나지만 어쨌든 나는 엄마의
상냥한 목소리에 안심을 했던 것 같다. 아주 오랜 시간이 흐

른 후 나는 그날의 상황을 유추할 수 있었다. 아빠는 당구 치느라 외박을 했고 엄마는 화가 단단히 난 상태였던 거다. 그 와중에 남편 회사에 지각한다고 말해줬고 말이다.

엄마는 그 후로 수도 없이 아빠랑 못 살겠다고 했지만 지금까지 살고 있다. 내 나이 대략 아홉 살 때이니 아빠는 삼십대 후반, 엄마는 삼십대 초반의 날의 일일 테다. 우아한 육아를 배우지 못했던 시절의 부모님은 자식들이 보는 앞에서 수도 없이 싸워댔는데 그럼에도 불구하고 끝장을 보지는 않았고 서로를 위해 '카바'를 쳐주는 의리를 남겨두었다.

그리고 서로 집을 나가겠다고 하는 와중에도 자식들을 서로 데려가겠다고 난리였고 우린 어디라도 장단점이 있다며 수를 따져보았지만 끝까지 나간 사람은 없었다. 대판 싸우는 와중에 전화벨이라도 울릴라치면 엄마는 바득바득 욕을 하다가도 "네 여보세요옹~" 하며 평창동 사모님 버전으로 성대를 갈아끼웠다. 요즘 말하는 '기분이 태도가 되지 말자'의 정석이 아닌가 싶다.

호된 시집살이를 겪어냈지만 정작 본인의 며느리에겐 잔소리 한번 못 하는 낀세대의 엄마는 사는 동안 시집의 시옷 자만 나와도 치를 떨었지만 5남매의 맏며느리로서 모든 제사와

경조사를 한번의 펑크 없이 감당해냈다.

내키지 않지만 같은 팀을 곤란하게 하지 않는 책임감. 그것은 완벽한 팀플이다. 주말에 아빠의 농막에 갔더니 아니나 달라, 엄마가 고구마의 잔가지를 다듬으며 쉼 없이 잔소리를 하신다. "못 살아. 니네 아빠랑은 하루도 못 살아." 곧 결혼 48주년이다.

대체로
양호한 친정집

친정집에는 찬찬히 들여다보면 재미난 게 참 많다. 아예 관심을 안 주면 모를까 눈길을 한번 뺏기면 화수분처럼 쏟아지는 유물에 추억에 안 잠길 수가 없다. 그럴 땐 그냥 기꺼이 자리 잡고 앉아 추억에 빠져드는 게 상책이다.

1997년 4월 3일 설악산 기념품 가게에선 달걀만 한 돌에 메시지를 써주었다. 얼마 주고 샀는지는 기억나지 않지만 꽤나 쏠쏠한 기념품 장사로 기억된다. '엄마, 아빠/ 사랑해요/ 설악산에서/ 경아가'를 세로로 네 줄에 거쳐 새겼는데 궁서체로 새기니 나름 작품 같기도 하다. 아무리 그런다 한들 그 돌이 26년이 지난 지금까지 친정집 장식장에 진열되어 있을 줄은 상상도 하지 못했다.

선율이 아기 때 잠깐 가지고 놀다 버리듯 두고 간 각종 하찮은 장난감들이 꽤나 귀중품인 양 각잡고 진열되어 있는 것을 보면 '엄마에게 그것은 장난감이 아니라 선율이 그 자체로구나.'라는 생각마저 든다. 그러지 않고서야 털 다 빠진 태엽 감는 토끼를 장식장에 넣어놓을 리가 없지 않은가.

엄마, 아빠의 젊은 시절 사진은 그야말로 스웩이 넘친다. 뿔테안경에 더벅머리지만 샤프하기 이를 데 없는 아빠와 80년대 J팝 영상 속에서 본 것 같은 맑고 청초한 엄마가 그 어린 나이에도 아들 하나, 딸 하나를 낳아서 어색한 표정으로 가족사진이라는 것을 찍었다. 스물일곱 살, 스물두 살 시절의 부모님은 지금 봐도 멋지고 예쁘다.

박장대소도 아닌 것이 어찌나 흐뭇하게 웃었는지 입꼬리가 결릴 때쯤 거실로 나와 보면 일흔세 살의 김창길 선생과 예순여덟의 이선수 여사가 일일드라마를 보고 있다. 타임슬립을 한 듯 생경한 거실 풍경이지만 어느새 같이 늙어가는 딸은 소파로 가 제일 편한 자세로 드라마 시청에 합류했다.

엄마는 내가 나오기만을 기다렸다는 듯 드라마 속 악역을 가리키며 "저년이 못된 년이야. 지 언니 남편을 가로채려고 아주 발광을 해요." 했다. 그 순간 좀 전의 청초했던 J팝 여신은 사라지고 K-드라마 광팬만이 남는다. 나는 이 드라마를 본 적이 없는데 엄마의 일목요연한 설명을 듣다 보면 어느새 나도 모르게 "미친년이네."를 하고 있으니 대한민국 엄마들의 심장을 저격하는 K-드라마 만세다 만세.

'오직 예수'라는 믿음이 철철 넘치는 액자 옆에는 그 세 배쯤 되는 해바라기 액자가 걸려 있는데 "집에 해바라기 그림이 있으면 돈이 들어온대."라는 미신 가득한 신념에 '오직 예수'가 무색하다.

픽 웃으며 소파에 발라당 누워 친정을 즐기는데 입에 곶감을 넣어준다. 식혜를 떠다 준다. 비타민과 오메가3를 박카스랑 같이 준다. 해양심층수를 먹어야 된다며 요즘 새로 산 물을 준다. 안산에 있는 약국에 비타민이 좋다고 한다. 뭐든 좋다. 엄마, 아빠가 대체로 평안하신 것 같아 좋다. 나도 대체로 평안하다.

순자 언니는
못 말려

샤워를 하려고 옷을 벗다가 귀신이라도 본 것처럼 그 자리에 주저앉아버렸다. 옷을 입은 것도 벗은 것도 아닌 차림으로 주저앉아 한참을 생각했다.

'이게 왜 여기 있지? 이게 무슨 일이지?'

내가 반나체의 차림으로 한참을 들여다본 것은 바퀴벌레도 아니요, 똥도 아니다. 스타벅스에서 산 머그잔과 텀블러였다. 내가 그토록 놀란 데에는 그만한 이유가 있다.

지인에게 선물하려고 아주 예쁜 디자인의 신상 머그잔과 텀블러를 선물 포장해서 쇼핑백에 담아 안방 욕실 앞에 잠깐 두었던 것이다. 내일 지인을 만나서 줄 참이었다. 그런데 외출하고 들어와보니 쇼핑백에 들어 있어야 할 머그잔과 텀블러가 내용물만 바닥에 덩그러니 놓여 있는 것이다. 그 어디에도 박스, 쇼핑백, 리본 같은 포장과 관련된 것은 없었다. 옷입을 생각도 못 하고 엉금엉금 기어 다니며 여기저기를 들춰보았지만, 그 어디에서도 찾을 수 없었다. 귀신이 곡할 노릇이다.

안방 욕실 앞 방바닥에 스타벅스 머그잔과 텀블러가 덩그러니 놓여 있는 그 모양이 얼마나 이질적이던지. 생크림청국장, 고등어샤베트, 어리굴젓케이크……. 뭐 그런 느낌이라고나 할까. 잠시 영혼이 나가 멘탈이 붕괴되었지만 이내 정신을 차려 사태를 파악하고 원인을 분석했다. 시간은 오래 걸리지 않았다.

이런 일은 열에 아홉은 내가 '순자 언니'라 부르는 우리 시어머님의 소행이다. 어머님은 내 유일한 단점이 쓰잘데기없는 것을 사들이는 거라고 늘 말씀한다. 분명 이번에도 어머니가 "얘는 이런 걸 사놓고 뜯지도 않고 고대로 뒀냐~" 하고는 잘 뜯어서 며느리 잘 보이는 곳에 놔두셨으리라.

알록달록한 포장지로 포장을 해놨으면 선물이겠거니 하고 안 뜯으셨겠지만 그래, 순자 언니에게는 스타벅스 특유의 봉투가 그냥 누런 택배박스로 보였을 수도 있다.

그러나 그것은 지금에서야 드는 어머님을 향한 헤아림이지 그 밤의 나는 빙어의 성질머리를 장착한 호르몬의 노예였기에 참을 수도 참을 이유도 없었다. 당장 핸드폰을 열어 'ㅅ, ㅜ, ㄴ'을 쳐 제일 먼저 나오는 순자언니에게 전화를 걸었다. 흡사 새 옷을 입고 나간 언니한테 전화해서 항의하려는 여동생처럼 말이다.

"어머님, 이거 선물인데 뜯으시면 어떡해요."

앙칼진 에미나이의 버르장머리다. 그러나 나보다 40년을 더 사신 순자언니에겐 일말의 타격감이 없다.

"그럼 잘 두지 그랬냐."

쿨하기 그지없다.

"내 물건을 내 방에 두지 그럼 어디다 둬요오오오."

이미 졌다는 것을 알고 있지만 앙칼진 에미나이는 제 성질을 못 이기고 박박거리다 '이 밤에 이게 무슨 짓인가' 하는 현타가 와서 통화를 마무리했다. 어머님도 저렇게 무심하게 받아치실 생각은 없으셨을 거다. 하루 종일 애 봐주고 살림해줬더니만 하나밖에 없는 며느리가 퇴근해서 한다는 소리가 '선물을 왜 뜯었냐' 소리부터 하니 얼마나 괘씸하셨겠는가.

그러나 평안한 하루의 마무리를 망친 (것 같은) 며느리는 끝끝내 분이 풀리지 않아 경미 언니에게 사진을 전송했다. 나만큼 우리 어머님을 사랑하는 언니이기에 가능한 일이었다.

-이거 봐. 이걸 다 뜯어놓으셨어. 내일 당장 만나야 하는데. 내가 화가 나 안나, 언니.

나보다 한 살 많지만 내력은 순자 언니에 가까운 대쪽 정경미선생의 대답은 이러했다.

-오, 텀블러 이쁘다.

이렇게 받는다고? 나는 1초 당황하고 바로 기분이 좋아졌다. 역시 내 안목이 틀리지 않았구나 싶어 마음이 놓였다.

-이쁘지?"

-어, 너무 이쁘다. 야, 씻어서 찬장에 안 넣어놓으신 게 어디냐.

-으악 그럼 난리나지~

그러곤 박장대소하는 이모티콘을 날리며 언니와의 카톡도 마무리했다. 그리고 찾아온 고요함 속에 나는 반나체 차림으로 텀블러와 마주 앉아 어머님께 바득바득 대든 5분 전을 무참히 후회했다.

이렇게 말 한마디에 기분이 풀릴 일인데, 무려 40살이나 많은, 무려 시어머님께 왜 그다지도 바득바득 골질을 부렸을까.

10년간 합가를 하고 이제 막 분가를 한 지 얼마 안 된지라 이런 해프닝들은 비일비재하게 일어난다. 내가 퇴근하고 오면 어머님도 바로 퇴근을 하시니 집에서 있었던 일들에 대한 커뮤니케이션이 현저히 부족해진 것이 원인이라면 원인일까.

나중에는 깔깔거리며 주고받을 에피소드들이지만 당시엔 그야말로 '아, 킹받네' 했던 일들이 한둘이 아니다. 반품하려고 내다 놓은 택배를 도로 들고 들어와 뜯어놓으신 일. 그리하야 택배기사님이 공치고 돌아가셔서 죄송한 마음에 반품 취소하고 그냥 쓰게 되는 일. 동네 언니의 생일 잔칫상을 거하게 차려주려고 통수박, 통파인애플을 사다 놨더니 죄다 깍둑썰기해서 반찬통에 담아두신 일. 그 언니의 생일 잔칫날 먹으려고 잔뜩 사다 놓은 삼겹살, 목살도 다 소분해서 냉동실에 얼려두신 일. 구운 달걀 한판을 사다 놨는데 냉장고에 날달걀이랑 합쳐놓으신 일. 남편의 생일에 배송된 고기케이크를 진짜 케익인 줄 알고 노인정에 갖다 주신 일. 골든구스 운동화 깨끗하게 빨아놓으신 일(골든구스 운동화는 지저분한 게 컨셉인 운동화로 때가 잔뜩 낀 게 새거다.)……

그런 것들을 태평하게 퇴근하고 돌아와 목도했을 때 내가 얼마나 자주 주저앉아 생크림청국장 보듯이 보았을지 상상이나 가는가. 그럼에도 불구하고 내가 우리 어머님을 '시' 자를 안 붙이고 '순자 언니'라는 애칭으로 부르고 시금치도 잘 먹는 며느리로 사는 이유는 우리 어머님의 지극히 순수하고 온전한 사랑을 피부로 느끼기 때문일 것이다.

결혼하고 10년 동안 아이가 없어 온갖 맘고생을 다 하시다 간신히 낳은 외동아들 권재관을 금이야 옥이야 기르신 분. 그 귀한 외동아들이 데려온 신붓감에게 어머님이 말씀하셨다.

"하나밖에 없는 귀한 아들이니 너는 하나밖에 없는 귀한 며느리다."

그 신념을 행동으로 보여주시는 지극히 세련된 분. 당신 힘이 있을 때까진 "새아가 애끼고 싶다."라며 설거지하려는 며느리를 기꺼이 밀쳐내시는 분. 누가 봐도 내가 더 젊고 힘이 셀 텐데 짐을 들고 나서면 들어주려고 하시는 분. 새벽 출근길 주차장 무섭지 않냐며 데려다주겠다 하시는 분. 당신이 이제 연로하고 자식들의 부양을 받아도 되는 위치라는 걸 굳이 계산하지 않으시는 순수하고 맹목적인 사랑꾼. 그게 바로 우리 순자 언니란 말이다.

내가 어디 가서 한결같이 외치는 말이 있다. 나는 남편 복은 없어도 시부모 복은 타고났다. 이게 복인지 뭔지 모르겠는데 하여튼 단언컨대 나는 시부모 복이 남편 복을 이겼다. 결혼생활은 부부가 하는 것이지만 주변에 이혼한 친구들을 보면 양가 부모님들의 지나친 월권으로 인한 이혼이 꽤 있는 것으로 보아 나의 그럭저럭 행복한 결혼생활은 시부모님의 공이 8할이다.

그래, 내일은 어머님께 골부리지 말고 친절하게, 다정하게 대해드려야지. 오늘의 하루는 '육퇴 후 맥주 한잔'이 아니라 '시퇴(시집살이 퇴근) 후 맥주 한잔'이다. 크윽~

예측이 빗나갔을 때 찾아온
더 큰 즐거움

어느 여름방학의 아침. 몇 주 전부터 광클로 예약한 프라이빗한 수영장을 가기로 한 날인데 역대급 태풍이 온다고 외출을 자제하라는 재난문자를 받아 마음이 심란하다. 안전이 우선이지 싶어 예약을 취소하고 집에 틀어박혀 있기로 했는데……. 사실 나는 여름방학은 비는 날 없이 놀아야 한다는 강박이 있다. 그렇다 보니 이렇게 하루를 공치는 것에 대한 억울함이 컸다.

계속 재난문자가 오는 것치곤 비 한 방울 오지 않는 오전, 매미는 사는 날 동안 짝을 찾기 위해 그 어느 날보다 더 구애의 울음소리를 질러대고 바람은 딱 놀기 좋게 선선했다. 실내 어디라고 갈까 싶어 여기서기 서치를 해보는데 방에서 들려오는 아이들 소리에 마음을 접었다.

당시 6학년 아들과 2학년 딸. 청소년으로 가려는 사내아이와 유년 시절을 벗지 못한 계집아이가 무슨 접점이 있는지 연신 깔깔대며 아무 말이나 주고받는데 그 소리가 어찌나 좋은지 수영장을 못 간 아쉬움이 모조리 상쇄되었다.

어느 초가을의 아침. 아이들 학교를 보내고 오랜만에 맞이하는 한가한 오전이 반갑다. 며칠 동안 새벽 출근이었던지라 심신이 지쳐 있던 와중에 오늘은 오후 스케줄이라 오전에는 기필코 휴식을 취하려는데 딸아이의 피아노 학원에서 문자가 왔다. 오늘 리코더 수업이 있으니 꼭 챙겨 보내주시라는 당부 문자다.

그러고 보니 딸아이 앞으로 리코더를 사준 게 벌써 세 번째데 매번 어디 가서 잃어버리는지 악기 서랍 통을 암만 뒤져봐도 보이질 않는다. 얼른 문방구를 가자니 내리는 비가 심상치가 않아 짜증부터 올라온다. 그래도 어찌하리. 딸아이 오기 전에 준비해놔야 맘 편히 스케줄을 갈 수 있을 테니 슬리퍼 찍찍 끌고 우산을 들고 나섰다.

문방구에 들러 리코더를 사고 딸아이가 좋아하는 슬라임을 들었다 났다 하다 결국 내려놨다. 몸에 안 좋다고 뉴스에도 나온 걸 일부러 살 필요는 없지. 왠지 절약했다는 기분에 올리브영에 들러 화장솜과 속눈썹을 샀다. 역시 난 현명해. 네 번째 사는 리코더 값은 아웃 오브 안중이요, 슬라임은 원래 계획에 없던 건데 뭘 절약을 했다는 거냐는 타박은 반사하련다.

그렇게 본의 아니게 동네 한 바퀴를 돌고 나니 어라, 빗소리가 이렇게 좋을 일인가. 일부러 살짝 팬 곳으로 걸음을 옮겼다. 7살 어린아이처럼은 아니어도 힘차게 딛는 발장구에 참방참방 발가락에 닿는 물 폭탄이 반갑다. 집에 가서 발 닦고 따뜻한 커피 한 잔에 머핀 한 조각 먹고 스케줄가면 딱 좋겠는 시간이다. 역시 마냥 안 좋은 것은 없다.

계획이 틀어진다는 것. 그 계획이 아주 오래전부터 공들인 일이라면 더더욱 그 틀어짐은 반갑지 않다. 왜 아니겠는가. P 중의 P인 나조차도 계획이 틀어지면 당장 짜증이 올라오고 당황스러운데 극J들은 오죽할까.

그런데 인생이 진짜 재미있는 게, 돌아보면 기억에 남는 순간들은 의외로 계획이 틀어졌을 때였다. 거창하고 꼼꼼했던 플랜A가 피치 못할 사정으로 무산되고 소소하고 엉성한 플랜B가 그 자리를 메웠을 때 물론 당장은 '하늘도 무심하시지.',

247

'아, 내 인생 지대로 꼬이네.'라는 극단적인 생각이 들 수도 있지만 한번 내버려두는 것도 나쁘지 않지 싶다.

한번은 지방행사를 혼자 다녀오는데 느닷없이 핸드폰 내비게이션이 말썽이다. 이정표대로 가다 보면 어떻게든 서울에 도착해서 집에 찾아갈 수야 있겠지만 당장의 불안함과 밀려오는 짜증에 휴게소에 들려 잠시 숨을 골랐다.

아이스커피를 한잔 사서 야외 파라솔에 앉아 핸드폰을 이리저리 조작하다 암만 해도 안 되니 그냥 꺼버리고 잠시 멍을 때렸다. 핸드폰도 못 보고 친구도 없고 그냥 출발하기도 걱정이고 무작정 멍하니 앉아 있는데 하늘이 어찌나 이쁘고 파랗던지 구름 흘러가는 재미에 시간 가는 줄 몰랐다.

구름 하나 보내고 다음 구름 받고……. 평소의 나라면 당장이라도 사진 찍어 인스타 스토리에 올리고 다른 사람이 올린 릴스나 구경했을 그 시간에 구름 보는 것이 그렇게 재밌을 일인가.

한 30분이나 흘렀을까 서울 이정표만 보고 가보자 하고 다시 핸드폰을 켜보는데 거짓말처럼 내비게이션이 작동되었다. 기쁨 이전에 '내 모험이 이렇게 끝나는 건가?' 하고 아쉬움이 들었다.

나는 모든 일에 유연하고 대처가 순조로운 사람은 아니다. 밴댕이 소갈딱지라고 하던가. 속 좁고 쉽게 분노하고 쉽게 가라앉는 성미라 응당 되야 하는 것이 안 되면 불같이 화도 내고 이거 어쩔 거냐고 세상 끝나는 것처럼 좌절하기도 한다.

한번은 딸과 둘이 호캉스를 하러 가는데 자꾸만 길이 밀려 3시 체크인을 못 한다는 생각에 차에서 핸들을 때리고 불특정 다수의 운전자들에게 "다들 어딜 가는 거야! 집구석에 안 있고!" 고래고래 소리를 질러 지율이가 귀를 막고 벌벌 떨다가 내 팔을 잡고 "호텔 가지 말자." 하고 엉엉 운 적도 있었다. 그날의 일은 지금까지도 지율이의 트라우마로 남았는지 딸아이는 길이 조금이라도 막히면 내 눈치를 보는데 정말 나는 먼지보다도 부족한 사람이다.

어쨌든 모든 일은 계획한 대로 되지 않는 것이 계획한 대로 되는 것보다 훨씬 많다. 나 혼자 어찌 되는 일보다 가족과 무엇을 도모하면 그 계획의 8할은 무조건 실패한다는 것이 엄마계의 국룰이다.

의연해지지 않으면 제 명에 못 사는 것이 엄마의 삶이다. 틀어지면 틀어지는 대로 맡겨야지 모든 일에 대비하는 것은 불가능에 가깝다. 그리고 틀어지는 대로 놔두는 것은 결국은 모든 것이 순조로웠을 때보다 기억에 오래 각인된다.

한번은 서해가 고향인 어머님을 모시고 작정하고 안면도 여행을 계획했는데 난데없이 한파에 비까지 쏟아져 해루질은 커녕 숙소에서 한 발자국도 나가지 못했다. 안면도에서 조개를 못 캐신 어머님은 다음 날 날씨가 개자 산책 겸 들린 해변에서 갯바위에 붙은 굴을 모조리 따버리셨다. 야심차게 준비한 해루질 장비는 고스란히 트렁크에 둔 채 오로지 맨손과 검정 비닐봉다리만 들고 해내신 쾌거다.

한번은 코로나 기간이 끝나고 3년 만에 야심차게 괌 여행을 갔는데 거금 100만 원을 들여 프라이빗 요트투어를 예약한 날, 선율이가 배탈이 나 당일 취소로 위약금을 한 푼도 받지 못했다.

그래도 아들이 나은 게 어디냐며 본전 생각을 애써 접었다. 여행 마지막 날을 앞두고 여행사 사장님이 아들의 컨디션이 괜찮으면 해보라며 다른 투어상품을 제안해주었다. 감사히 투어를 마치고 숙소에 돌아오며 우리는 "이야, 이게 훨씬 재밌다. 그거 안 하길 잘했다. 야, 선율이 안 아팠으면 어쩔 뻔!" 하며 신나게 떠들었다.

준비를 철저하게 하고 가면 오히려 아무 일도 일어나지 않는데 꼭 설마설마한 날 일이 터진다. 애들은 여벌옷을 안 챙긴 날 꼭 토를 하고 바지에 쉬를 한다. 비상약을 안 챙긴 날 꼭 다치고 열이 난다. 결국 남편 셔츠를 아들에게 입혔다.

여벌옷이 없어 아빠의 셔츠를 원피스처럼 입고 다닌 아들의 사진은 소중한 추억이 되었다. 약이 없어 시골의 작은 의원을 찾아 할아버지 의사쌤의 진료를 받는 것은 같은 대한민국 안에서 다른 시간을 경험하는 일이다.

앞으로도 모든 일에 세상을 통달한 사람처럼 의연하게 대처하진 못하겠지만 '그 어떤 일로도 세상은 무너지지 않는다. 어떻게든 어떤 식으로든 이것은 추억이 된다.'라는 사고방식으로 마주하려다. 그러면 틀어지는 것에 대한 다른 해석을 갖게 해주지 않을까 싶다.

그리고 무엇보다 내가 우리 사랑하는 선율이, 지율이의 엄마가 된 것은 철저히 세운 계획이 무산되고 권재관과 결혼한 탓, 아니 덕이기에 이뤄진 결과이니 이 얼마나 다행인 일이란 말인가.

여자의
언어

남자들은 원래 그런 건지 우리집 권씨들이 그런 건지 희한한 경험을 했다. 오미크론으로 사경을 헤매던 나흘간, 시부모님 집에서 편하게 투병하던 때의 일이다.

찢어질 것 같은 목 통증이 약 기운에 잠시 호전되면 그나마 먹고 싶어지는 게 생기는데 마침, 남편에게 문자가 와서 쌀과자랑 초콜렛이랑 베지밀이 먹고 싶다고 했다. 30분 즈음 지났을까 남편은 봉투도 없이 쌀과자랑 검은콩두유 한 병, 가나초콜릿 한 개를 덜렁 들고 들어왔다.

근데 참으로 사람 심리가 우습지. 내가 분명히 사다 달란 물건을 사오긴 했는데 너무 정확히 딱 그것만 사오니 허탈하

다고 할까 아쉽다고 할까 괜히 서운하기까지 한 이상한 감정
이 올라왔다.

"집에 이게 있었어?"

"아니? 편의점 다녀왔지."

"근데 딱 이것만 샀어?"

"이거 말한 거 아냐?"

"맞지."

할 말이 없네. 나였으면 굳이 편의점을 간 이상, 쌀과자 옆
에 쌀로별도 좀 사고 초콜릿 사는 김에 초코송이도 사고 두유
사는 김에 오렌지 주스도 샀을 것 같은데. 너무 여자의 언어
였을까?

그 누구의 잘못도 아니고 심지어 미션을 잘 수행했음에도
욕을 먹은 남편은 허탈해하며 돌아갔고 나는 가만히 물건들
을 내려보다 "그리고 누가 검은콩두유 사오래! 베지밀이라
고!" 허공에, 아니 세상을 향해 소리쳤다.

그리고 공교롭게 잠시 후, 동네 친한 엄마가 뭐 먹고 싶은
거 없냐고 톡을 보내왔다. 근처에 올 일이 있으니 집 앞에 놔
주겠다는 것이다. 나는 입덧하는 산모처럼 '베지밀 베지밀!'
즉답을 보냈고 혹시 몰라 '캐러멜땅콩'도 추가했다.

30분 후, 현관 앞에 봉투가 찍힌 사진톡이 도착했고 나는 헐레벌떡 문을 열어 봉투를 확인하고 폭소를 터뜨리고 말았다. 부탁했던 베지밀은 4개들이 번들로, 카라멜땅콩은 특별히 두 봉지. 거기에 혹시 몰라 좀 더 담았다며 쏟아져 나온 것이 홈런볼, 꿀꽈배기, 자유시간, 비비고 전복죽, 딸기 한 팩, 레모나, 목캔디 등등이었다. 그렇지. 이것이 여자의 언어지.

그리고 다음 날, 이번에는 사랑하는 아버님이 전화를 했다. 나를 춘향이급의 미모로 평가하시는 아버님은 전화를 받자마자 "아가가 아프니 내 마음이 무너지는 것 같다."라며 곧 울 것처럼 말씀했다. 그리고는 먹고 싶은 거 없냐고 말만 하라고 하시는데 정말 말만 하면 육.해.공 산해진미 뭐든 공수해오실 것 같은 비장함이 느껴졌다.

그땐 유난히 식욕이 안 땡겨 정말 먹고 싶은 게 없었는데 뭐라도 말씀을 드려야 아버님이 좋아하실 것 같아 뭐라도 떠올려야 했다.

"바나나 먹고 싶어요, 아버님."

간신히 하나 떠올려 말씀드리니 아버님은 들뜬 목소리로 물어보셨다.

"몇 개?"

에? 몇 개요? 바나나라고 하면 그냥 바나나를 사다주실 줄 알았는데 개수까지 지정해드려야 할 줄을 몰랐다.

"두세 개쯤이요?"

"오냐, 알았다."

잠시 후, 아버님은 문 앞에 바나나 갖다 놨다고 문자를 보내셨는데 나는 문을 열어보고 이번엔 데굴데굴 구르며 웃었다. 하얀 종이봉투 안엔 바나나가 정확히 세 개 들어 있었다.

부탁을 너무 정확히 깔끔하게 들어주는 권씨 때문에 웃는다. 그래서 애 좀 보라고 하면 눈으로 보는가 보다. 얼마나 애를 잘 보는지 "여보, 선율이 똥 쌌어!" 본 대로 얘기하고 "여보, 선율이 넘어졌어!" 본 대로 얘기하는 성실함 때문에 몇 번이나 '빡'이 쳤는지 기억이 새록새록 난다.

그날 밤, 나는 남편에게 다정하게 말했다.

"지율이 씻기고 로션 발라주고 내복 입히고 머리 말리고 헤어에센스도 발라주고 양치하라 하고 선율이는 치실도 하라하고 책 읽어주고 물 떠오고 기도하고 자."

물론 그 모든 미션이 제대로 수행이 되었는지는 굳이 확인하지 않는 것이 마음 건강에 좋다.

연애 시절 몸이 아파 데이트가 힘들 것 같다 했더니 당시 남자친구였던 남편은 쌍화탕이랑 비타민을 사들고 집 앞으로 와서 "얼굴만 보고 가려구."라고 말했던. 지금 생각해도 여자의 언어를 굉장히 잘 해석하는 사람이었다. 그 기능이 왜 결혼하고 퇴화된 건지 아님 원래 없는 기능인데 여자 한번 꼬셔보겠다고 영혼까지 끌어모아 발휘된 잠시의 능력치였는지 참으로 연구 대상이다.

지금 만약 똑같은 상황이었다면 내 남의편은 백프로의 확률로 "어, 그래. 푹 쉬어." 할 것이 자명하다. 무엇을 바라랴. 나도 이젠 그편이 속편하다.

어느 금요일 밤. 유난히 고단했던 한 주의 끝에 고개 스트레칭을 하며 거실로 나와 "아, 유난히 피곤하네?" 했더니 남편이 소파에서 일어나 대꾸했다.

"닭발을 시켜, 그럼?"

누구의 말을 들었는지 모르지만 남자의 언어를 해석한 현명한 아내는 조용히 냉장고에서 맥주를 꺼낼 뿐. 또 하루가 엉뚱하게 흘러간다.

결혼
2분기제

농담 반 진담 반으로 내가 밀고 있는 결혼 제도가 있는데 이 제도를 도약하자는 국회의원이 있으면 신성한 한 표를 기꺼이 선사할 수도 있다. 결혼에 관한 기호 1번 김경아의 공약은 '결혼 2분기제 도입'이다.

간단히 설명하자면 결혼 후 1분기 30년을 살면 2분기 30년은 유지하든지, 파기하든지 합의 후 결정하자는 내용이다. 물론, 그 안에 이혼하고 별거하고 재혼하고 수많은 파토(?)가 일어나는 경우는 당연히 제외하고 지지고 볶고 아웅다웅하며 30년을 끌어온 가정에 도입하자는 제안이 되시겠다.

1분기 30년 안에 웬만한 가정은 자녀를 독립시키고 2분기를 맞을 것이다. 그 분기점에 결혼을 유지할지 여부를 선택하는 것이다. 나라에서 법으로 결혼 재계약을 보장한다면 나머지 인생은 싱글의 삶으로 다시 살아보면 어떨까 싶어 생각해낸 결혼 제도이다. 나름 엄마들의 티타임에선 대부분이 찬성표를 던졌다.

처음 이 제도를 떠올린 건 한참 육아가 전투였던 시절이었다. 어찌나 인기가 많은지 애들은 오매불망 엄마만 찾고 남편은 도움은커녕 사고나 안 치면 다행이고 하루빨리 이 시절이 지나가고 애들도 빨리 커버리고 남편도 필요(?) 없어져 혼자만의 시간을 갖고 싶은 마음에 구상해낸 결혼 제도이다.

처녀 때 했던 자취생활은 쥐꼬리만 한 월급으로 그야말로 생존의 싱글라이프였다. 그리고 안목이라는 것도 오로지 가격에 초점이 맞춰져 있어 인테리어라고 할 만한 것이 없는 다이소의, 다이소에 의한, 다이소를 위한 삶이었다고나 할까.

그러나 내 결혼 인생 30년 만에 맞이하는 자취는 '완성된 김경아의 취향'이 반영된 오로지 내 공간으로 꾸밀 수 있지 않겠는가. 생각만 해도 설레어하며 20대 때 못 살아본 복층 오피스텔의 인테리어를 검색하는 거다. 완벽하지 않은가.

그런데 말입니다. 너무나 완벽했던 이 제도에 문제가 많다는 것을 인제 와서 느끼게 되는데 누가 시키지도 않은 제도 보완을 하느라 골머리를 앓고 있다. 결혼 15년 차, 애들은 이제 엄마보다 친구를 찾고 남편은 음쓰 버릴 때 말고는 진짜 필요가 없어져 버렸다. '생각보다 빨리 반환점을 돌았는데?' 하는 기쁨보다 왠지 모를 공허함과 허전함이 있다. 내가 세운 결혼 제도에 있는 치명적인 오류, 그것은 '측은지심'이다.

특히 여자들에게 많다는 이 측은지심을 미처 고려하지 못했다. 늙어가는 남편이 불쌍하다. 아⋯⋯. 이게 무슨 말도 안 되는 감정이란 말인가. 정작 본인은 아직도 본인이 쌩쌩하다고 자부하는데 옆에서 보는 마누라는 이미 그가 안쓰럽다.

마흔일곱, 대한민국의 중년을 달리는 남편은 새벽마다 수영하러 다니며 모든 영법을 마스터했다고, 어느 날은 오리발도 끼고 수영했다고 자랑하는데 내 리액션은 한결같이 "어이구, 잘했네, 잘했어." 노견이 공을 물어왔을 때의 대견함이랄까.

백세시대에 그의 나이는 아직 청춘이고 실제로도 건강에 이상이 없건만 나는 왜 자꾸 늙어가는 그가 안쓰러울까. 그와 네 살 차이 나는 나도 같이 늙어가는 처지이건만 내 머리에 흰머리는 안중에 없고 남편 코털 삐져나온 것은 없나, 까치집을 정리도 안 하고 외출하지는 않나 가는 뒷모습을 체크한다.

아들을 다시 키우는 기분이다.

나이 오십에 가까운 나이에 개그 한번 짜보겠다고 후배들이랑 밤새 아이디어 회의를 하는 모습을 보니 안쓰럽기 그지없다. 심지어 무대에 올리지도 못하고 연일 재검판정만 받으니 대상으로 입사했던 권재관, 개그맨들이 뽑은 제일 웃긴 개그맨 1위 권재관이라는 타이틀이 무색하다.

청춘이 이렇게 지나간다. 남편도 나도 반짝반짝 빛나보지 못하고 조용히 사그라들 준비를 한다. 나는 그냥 지금도 만족하는데 꿈이 컸던 남편의 좌절이 쓰리다. 괜히 고등어 한 마리 더 구워 남편 밥상 앞에 단독으로 내어줄 뿐 나도 딱히 더할 것이 없다.

내 야심작 결혼 2분기제는 여자의 긍휼함이 치명적인 약점이다. 나는 어떤 노후를 보내게 될까. 저 양반이랑 손잡고 오전 산책을 할 수 있을까. 내가 휠체어에 앉아 있으면 밀어주려나. 지나가다 내 생각났다며 호떡 한 봉지는 사다 주려나. 봄 되면 내가 좋아하는 프리지어 늙어서도 사주려나. 측은지심에 이어 노후까지 상상하니 뜨악, 눈물이 앞을 가려 글을 쓸 수가 없다.

아직 15년밖에 안 된 결혼 중년에도 이런 측은지심이 가득

한데 15년이 더 지나 노년으로 가는 길목에 혹여나 남편이 당뇨라고 걸리면, 고혈압으로 쓰러지기라도 하면 어휴, 취소 퉤퉤퉤. 반대로 내가 골다공증으로 잘 걷지도 못하면, 자궁근종으로 수술이라도 해야 한다면 어휴, 취소 퉤퉤퉤퉤퉤. 늙어서 등에 파스라고 붙여주려면 그냥 살던 사람이랑 잘 살아봐야겠다.

칼국수나
먹으러 갑시다

주말에 폭설이 내린다는 기상예보가 있긴 했지만 이 정도일 줄을 몰랐다. 그야말로 펑펑 눈이 오고 있다. 약속을 취소하고 아이들과 눈사람이나 만들러 나가야겠다 마음을 먹는데 지율이 폰으로 전화가 온다. 같은 반 친구의 전화다.

"지율아, 너 지금 놀 수 있어?"

"어. 지금 나갈 수 있어."

응? 지금 나간다고? 지금 아침 9시. 지율이는 자기가 지금 막 일어났고 아침도 안 먹은 상황인 걸 인지하지 못하고 함박눈에 마냥 신이 난 몰티즈처럼 당장 나갈 태세다.

"지율아~! 안 돼. 밥 먹고 11시에 나간다고 해."

아침을 먹는 둥 마는 둥 우리에서 탈출한 적토마처럼 들썩들썩하는 지율이를 잡아 세우고 가방에 꿀물이 든 텀블러와 핫팩과 현금 5천 원을 넣어주며 나는 왠지 모를 공허함과 허전함, 아쉬움 등등의 썩 우울한 감정들을 느꼈다.

진눈깨비만 날려도 나가자 해서 이 정도로는 눈사람을 만들지 못한다고 말리고 타이르던 지난 십여 년의 육아 기간이 종지부를 찍는 순간이다. 큰 녀석은 이미 엄마, 아빠의 스케줄은 아웃 오브 안중, 약속을 정했고 우리 집 꼬맹이 지율이마저 친구들을 만나러 나간 토요일 오전, 권재관과 김경아는 자녀들을 모두 출가시킨 노부부마냥 소파에 가만히 앉아 창밖 풍경을 감상했다.

"눈이 참 예쁘게 내리네."

"그러게 말이야."

대화마저 너무 이순재, 김혜자 선생님스러워서 박차고 일어나 한다는 소리가……

"칼국수나 먹으러 갑시다."

끝까지 노부부스럽다.

하마터면
후회할 뻔

벚꽃이 절정을 이루는 시기가 주말과 딱 맞아떨어져 귀찮다는 애들을 데리고 기어코 집 앞 공원으로 나가 벚꽃길을 걸었다.

"이렇게 활짝 핀 벚꽃은 1년에 딱 한 번 볼 수 있어. 엄마는 이제 죽을 때까지 40번 정도 볼 수 있을까 말까야."

그랬더니 큰 놈은 그러려니 하는데 작은 놈은 꽤나 중요한 하루라고 생각했는지 발걸음이 비장하다. 60년 만에 뜨는 블루문이라느니, 백년에 한번 뜬다는 레드문이라느니 오늘을 놓치면 내 인생에서 다시는 없을 특별한 순간 따위의 수식어에 나는 크게 염두에 두지 않는 편이었다.

'안 했으면 큰일 날 뻔했다.', '안 먹었으면 후회할 뻔했다.' 라는 감정도 사실 해보고 먹어봤기에 드는 생각이지 안 해보고 안 먹었으면 아예 비교군이 없기에 후회할 것도 없다. 여행을 가서도 그 고장에서 꼭 들러봐야 할 관광명소, 맛집에 군이 욕심을 부리지 않았다. 그냥 집 떠나와 어디에 간다는 것이 좋았지 컨디션이 여의치 않으면 숙소에서만 지내도 좋은 것이 나의 여행 스타일이었다. '이때 아니면 또 언제 해보겠어.'라는 말도 크게 좋아하지 않았다. 이때 아니면 못 하면 못 하는 거지, 뭐. 군이 해야 되나? 천성이 게으른 사람은 미련이 없다.

그런 내가 나이를 먹어서일까. 내 나이와 비례해 아이들이 커버림에 대한 조급함일까. 놓치면 아까울 순간들에 의미를 부여하기 시작했다. 인생의 끝을 생각하기엔 너무 이르긴 하지만 '내 인생에 다시 이것을 볼 수 있을까?'라고 생각하면 지금이 마지막일 수도 있겠다는 순간이 생각보다 많다.

10년 전 미국에 갈 기회가 있었는데 4박 6일의 짧은 일정이었다. 개인적인 스케줄도 그렇고 아들을 두고 가야 하는 일정이라 길게 시간을 뺄 수 없었다. 당시 둘째를 임신 중이기도 해서 짧게 일정을 잡았는데 당시 아버님은 '일생일대의 기회'

인데 기왕 가는 거 한 2주 다녀오면 어떠냐고 했다. 당시에 나는 나는 그 말씀이 크게 와닿지 않았다. '기회가 되면 언제든 또 갈 수 있겠지. 둘째 낳고 애들 데리고 길게 가면 되지.' 싶었으니까.

그리고 10년이 넘도록 미국이란 나라는 가보질 못하고 있다. 그때 일정에 후버댐 관광이 있었는데 첫날 쇼핑몰과 아울렛에 눈이 돌아버린 나는 후버댐 관광을 포기하고 아울렛을 한 번 더 가는 것을 선택했다. 지금에서야 어리석었음을 쿨하게 인정하지만 그땐 굳이 랜드마크를 봐야 미국 여행이 아니라 내가 미국에 있으면 미국여행이라는 생각이 지배했기에, 뭐 자존심 상해서 후회는 안 하겠다.

어쩌면 죽을 때까지 유럽은 못 갈 수도 있겠다는 생각이 든다. 1년에 해외여행을 몇 번이나 갈 수 있을까. 한번 갔던 곳을 또 가는 걸 좋아하는 나는 괌을 여섯 번이나 다녀왔는데 그 기회를 다른 나라에 양보했으면 세계지도가 좀 더 알록달록해지지 않았을까(나는 다녀온 나라를 색칠해두고 있다). 괌을 여섯 번을 가도록 다른 사람들이 꼭 간다는 스페인 광장이나 사랑의 절벽은 들르지도 않았으니 내 여행 스타일 참 대단하다 대단해.

그랬던 내가 코로나를 겪은 이후, 그사이에 아이들이 훌쩍 자라버리고 나니 후회되는 일이 많다. 나름 경험해주고 체험해주는 엄마라 자신했지만 깊게 파고드는 체험 없이 너무 겉핥기만 한 것에 대한 후회가 밀려온다. '진즉 해볼걸.'이라는 후회 속에 위시리스트에 항목만 추가하는데 큰아이가 성인이 되기까지 이제 고작 6년, 아이들과 어떤 알콩달콩한 추억을 쌓을 수 있을까. '진즉 더 많이 다녀볼걸.' 또 후회다.

벚꽃을 보고 돌아오는 길에 선율이에게 말했다.

"선율아, 너 이다음에 크면 엄마 여행 보내줘. 나도 너 많이 데리고 다녔잖아."

다행히 선율이는 굉장히 긍정적으로 "맞지. 엄청 다녔지." 라고 인정하며 온천여행을 가자고 약속해주었다. 아이들과 꽁냥꽁냥 보낼 날이 얼마 남지 않았음에 마음이 조급하다.

이때 아니면 또 언제 해보겠어. 지금 같아선 10억을 줘도 안 할 번지점프도 까짓것 못 할 게 뭐야 눈 딱감도 뛰려면 뛰겠다. 이런 깨달음을 무릎관절 상하고 허리디스크 앓고 있을 때가 아닌 지금 깨달아서 다행이다.

안 하면 후회할 것 같으면 하자. 안 먹으면 후회할 것 같으면 먹자. 이때 아니면 못 하는 것은 이때 하자. 기회는 생각

보다 또 오지 않는다. 그런 의미에서 아고다를 한번 들어가

서……. 호텔을…….

다행이다, 내 험담은 없어서
-남편 권재관의 독후감

다른 사람은 어떤지 모르겠지만, 나는 나의 생각을 글로 표현하는 일을 잘 못한다. 그건 결코 쉽지 않은 일이라고 생각한다. 난 지금 이 두 문장을 쓰는 데도 약 10분이 넘게 걸린 거 같다. 아, 땀 난다.

김경아 동기님이 글을 잘 쓴다는 건 개그맨 막내 시절부터 유명했다. 대본 정리를 기가 막히게 하여 선후배를 떠나 많은 개그맨의 동경을 받았고, 그 덕에 선배들에게 일종의 '까방권'도 얻었으니 그야말로 재주꾼이다.

보통 회의를 하게 되면 적게는 두 명이, 많게는 열 명이 자기의 아이디어를 내는데 말로 의견을 내는 것과 글로 대본을 만드는 건 정말 다른 영역의 재능이 필요한 일이다. 많은 선배의 개그 아이디어가 무분별하게 쏟아진다. 게다가 그중에는 발음이 안 좋은 선배(지금도 못 알아듣겠다), 안 웃기는데 계속 "웃기지? 웃기지?" 하고 묻는 선배, 별로인 아이디어를 고집 피워 대본 작성하면 "어제 그게 아닌데."라며 발뺌하는 선배⋯⋯. 아, 생각만 해도 싫다.

이런 선배들의 모든 대본을 소화해낸 재주꾼이 바로 김경아 동기님이시다. 중요한 아이디어의 포인트를 찾고 수첩에 적고 집에 가서 대본화해서 다음 미팅 때 가져오는데, 이 과정을 김경아 씨는 정말 잘했다.

그런 동기이자 내 와이프가 책을 낸다는데 겁이 덜컥 났다. '얼마나 내 욕을 많이 했을까?' 솔직히 이게 가장 걱정이었다. 그걸 확인하고 싶어서 눈에 불을 켜고 집중해서 읽었다. 꼬투리 잡아 놓을 걸 생각도 가득하긴 했으나 사실이 아닌 이야긴 없는 관계로 법적으로 가면 내가 불리할 것 같기도 해서 즐겁게 읽었다. 그리고 내 욕이 있으면 어떠하랴 다들 재밌으면 장땡이지! (다행히 험담은 없더라.)

애들 밥 먹이고 씻기고 옷 챙기고 숙제했냐 묻고⋯⋯ 폰 그만 봐라, 이 닦고 자라 등등. 일하랴 가족 챙기랴 바쁜 하루를 보내고 거실 책상 스탠드 밑에서 밤새 쓰고 지우고 고치고를 반복한 김경아 씨, 여보, 수고하셨습니다.

초판 1쇄 인쇄 2024년 12월 20일
초판 1쇄 발행 2024년 12월 25일

지은이 김경아
책임편집 하진수
디자인 그별
펴낸이 남기성

펴낸곳 주식회사 자화상
인쇄,제작 데이타링크
출판사등록 신고번호 제 2016-000312호
주소 경기도 고양시 덕양구 꽃마을로 34, 1006호,1007호(향동동, DMC스타팰리스)
대표전화 (070) 7555-9653
이메일 sung0278@naver.com

ISBN 979-11-94440-01-7 03810